Reading Borough Council
Working better with you

Reading Borough Libraries

Email: info@readinglibraries.org.uk
Website: www.reading.gov.uk/libraries

Reading   0118 9015950
Battle   0118 9015100
Caversham 0118 9015103
Palmer Park 0118 9015106
Southcote   0118 9015109
Tilehurst   0118 9015112
Whitley   0118 9015115

Rea 9/18			
1 2 OCT 2019			
TIL 2/22			
Sou 2/23			
Rea 02/25			
Cav 8/23			
Rea 8/23			
Pal 2/24			

Author:
Title:

Class no:

To avoid ov~ ~~~~ ~~~~~ please return this book to a
Reading Lil   ~e.
If not requii   ~d by
personal vi   ~bsite.

Pubblicato in accordo con Benedetta Centovalli Literary Agency, Milano

ISBN 978-88-06-23666-3

Paolo Maurensig

Il diavolo nel cassetto

Einaudi

Il diavolo nel cassetto

Che cosa ci può indurre al gravoso compito di riordinare tutti gli oggetti inutili che abbiamo accumulato negli anni senza mai trovare il coraggio di buttare? L'imminenza di un trasloco forse, oppure – come nel mio caso – la necessità di dover sgomberare una stanza, rimasta finora deposito di cianfrusaglie, per poterla destinare a un diverso utilizzo. Altro non mi viene in mente. Prima di separarci da un oggetto qualsiasi ci pensiamo bene, e il più delle volte scegliamo di conservarlo, convincendoci che in futuro potrebbe tornarci utile. E intanto le cose vanno accumulandosi, finché non siamo costretti a fare tabula rasa. Allora inizia un percorso a ritroso nella memoria: scartabelliamo il nostro passato, ci soffermiamo a ripassare vecchie foto, a rileggere lettere che non ricordiamo di aver mai ricevuto, libri con dedica, manoscritti... E di questi ultimi ne avevo a cataste: da quando la pubblicazione di un fortunato romanzo mi aveva dato una certa notorietà, ero diventato il polo di attrazione per gli aspiranti scrittori. I loro manoscritti cominciavano a fioccare con regolarità impressionante, tutti con la richiesta non solo di leggerli per darne un mio *autorevole* parere, ma possibilmente di introdurli presso qualche editore, con l'aggiunta magari di una prefazione scritta di mio pugno. All'inizio mi ero preso l'impegno di leggerli fino in fondo, ma subito mi resi conto che non sarei mai riuscito a stare al passo, e che avrei speso gran parte del mio tempo su testi privi di interesse. Sbarazzarsene, tuttavia, non è facile: se già provo dispiacere a privarmi di un oggetto, per quanto inutile possa essere, a frenarmi con gli scritti c'è sempre un certo riguardo per l'autore, e cosí, prima di consegnarli al macero, volevo accertarmi di non aver commesso qualche errore di valutazione; e mentre stavo lí a sfogliare un manoscritto dopo l'altro mi capitò tra le mani una grossa busta marrone ancora sigillata, per gran parte ricoperta da un mosaico di francobolli della Confederazione Elvetica. Ne strappai il bordo e mi trovai tra le mani un testo di un centinaio di cartelle battute a macchina. Non c'era allegata alcuna lettera, né c'era il nome del mittente, o un indirizzo al quale poter risalire. Evidentemente l'autore voleva mantenere l'anonimato. O forse intendeva svelarsi nel prosieguo della lettura.

Il titolo era: *Il diavolo nel cassetto*, e iniziava cosí:

«Tremo al solo pensiero di aver steso sulla carta questa storia. Per lungo tempo l'ho trattenuta dentro di me, ma alla fine ho dovuto liberarmi da un peso che rischiava di compromettere il mio equilibrio mentale. Perché di certo è una storia condotta sull'orlo della follia. Eppure l'ho ascoltata fino in fondo, senza mai dubitare delle parole di quell'uomo. Tanto piú che a parlare era un sacerdote».

Posso capire che agli occhi del lettore tutto ciò abbia la parvenza di un espediente narrativo, la letteratura pullula di manoscritti, di diari, di epistolari e memoriali ritrovati nei luoghi piú disparati e nei modi piú impensati. Ma, a pensarci bene, tutte le storie iniziano con l'essere tracciate o impresse sulla carta, tutto ciò che leggiamo comincia da una risma di fogli, o meglio, da un manoscritto, se non altro da uno dei tanti che si ammucchiano sulla scrivania di un editore, o di chi per lui è incaricato a leggerli. Non c'era nulla di straordinario, quindi, nel suo ritrovamento: quel fascio di fogli si trovava al posto giusto, solo che era sfuggito alla mia attenzione. L'unica stranezza era l'anonimato.

L'incipit sembrava promettente. Cosí, seduto nel bel mezzo di scartafacci di ogni genere, e lasciando a metà il mio lavoro di sgombero, proseguo nella lettura.

Se l'autore evita di svelare il proprio nome, in compenso colloca l'inizio della sua storia precisando luogo e data. Tutto risale infatti al mese di settembre del '91, durante un suo breve soggiorno in Svizzera, e precisamente a Küsnacht, una piccola cittadina che si specchia nel lago di Zurigo, dove il nostro si è recato in occasione di un convegno di psicoanalisi.

«Mi trovavo sul posto in veste di consulente per una piccola casa editrice che intendeva inserire nel suo catalogo una collana dedicata a questa affascinante quanto controversa materia. Detta cosí, si potrebbe pensare che svolgevo un ruolo importante. In realtà, la casa editrice apparteneva a mio zio il quale, già proprietario di una tipografia, dopo aver stampato migliaia di volumi per conto terzi era stato colto dall'improvvisa ambizione di diventare editore in proprio, assumendomi piú per obblighi parentali che per meriti riconosciuti».

Poche frasi per raccontare qualcosa di sé. Svela subito la sua condizione di orfano: la madre morta nel darlo alla luce, il padre scomparso pochi anni piú tardi, vittima di un incidente sul lavoro, il nostro viene cresciuto dallo zio paterno. Scopriamo anche che è divorato dalla passione per la scrittura, e grazie a queste notizie siamo in grado di attribuirgli un'età: piuttosto giovane, si direbbe, dai venticinque ai trent'anni. Parlando in prima persona, l'autore non ha la necessità di rivelare il proprio nome, ma per evitare inutili giri di parole gliene assegnerò uno, lo chiamerò Friedrich: nome che penso prefiguri un pallido e biondiccio aspirante scrittore che si aggira per le valli della Svizzera.

Parlando dello zio, Friedrich dice testualmente:

«I libri erano l'unico punto che avevamo in comune: lui aspirava a pubblicarli, io a scriverli. Mi trovavo, infatti, in quel beato stato larvale che tutti noi attraversiamo non appena scopriamo (o ci illudiamo) di essere vocati a una delle arti. Per un certo periodo avevo fatto il galoppino presso un quotidiano locale in cambio di un compenso che a malapena mi bastava per le sigarette. Curavo la pagina dei necrologi e di tanto in tanto la cronaca spicciola. Era su quel foglio che avevo pubblicato qualche racconto breve, tanto per riempire la pagina. Se c'era scarsità di notizie e restava ancora dello spazio libero, ecco che il caporedattore mi incaricava di buttar giú un raccontino che non superasse

6

le quattromila battute. Quindi, non avevo mai scritto qualcosa che andasse oltre la short story, mai pubblicato nulla se non sulla pagina di quel giornale di provincia, ma dentro di me coltivavo un sogno, vivevo quel periodo di inattività nell'attesa che un seme piantato nel terreno germogliasse fino a raggiungere in breve tempo le dimensioni di una pianta rigogliosa e fruttifera.

Quando in seguito fui assunto da mio zio in casa editrice, con il compito di leggere i manoscritti e di correggere le bozze di stampa, mi sembrò di aver fatto un passo in avanti. Vivevo in mezzo ai libri, respirando il profumo dell'inchiostro da stampa che mi inebriava come una droga. Mi atteggiavo a scrittore, con un taccuino e un lapis sempre in tasca, pronti all'occorrenza. Osservavo la gente cercando di leggere in ciascuno la sua storia individuale... E tuttavia dubitavo che un giorno a qualcuno potesse mai venire in mente di raccontarmela. Ad ogni buon conto, un impiego fisso in casa editrice l'avevo e, seppure scarsamente retribuito, me lo tenevo stretto. E questa era la prima e importante missione fuori porta. Mio zio mi aveva assegnato questo compito grazie alla padronanza della lingua tedesca – per quanto questa abbia ben poco da spartire con il parlato locale.

A Küsnacht è vissuto e si è spento Carl Gustav Jung, e in occasione del trentennale della scomparsa, quell'anno si svolgeva un convegno di tre giorni al quale partecipavano esperti di tutto il mondo. Ascoltando i relatori, famosi nel loro ambiente ma per me del tutto sconosciuti, avrei forse trovato qualche testo, non troppo pretenzioso, da poter pubblicare, inaugurando cosí la nuova collezione editoriale. Forse non avrei trovato alcunché di interessante, e in tal caso – pazienza! – mi sarei goduto una breve vacanza a spese della ditta.

Non mi ero premurato di prenotare un albergo, dovetti quindi accontentarmi di alloggiare alla Gasthof Adler, una linda e tranquilla locanda, un po' fuori mano. Un luogo ideale per scrivere, pensai subito – a quel tempo valutavo ogni cosa con l'occhio dello scrittore rampante. La locanda distava qualche chilometro dal centro urbano, dove in una sala municipale si svolgeva il convegno. C'era l'autobus della posta che passava ogni ora, ma anche a farlo a piedi non era un tratto di strada molto lungo, e volendolo accorciare si poteva imboccare un sentiero che attraversava una folta abetaia. Il tempo era bello, l'aria lacustre tonificava i polmoni e alla luce del sole le tavolozze dei rosai che ornavano ogni casa – dalla villa alla piú modesta delle abitazioni – erano un incanto per gli occhi. Cosí, quella mattina avevo deciso di andare a piedi. Non potevo ancora sapere che qualcosa di lí a poco avrebbe offuscato l'immagine idilliaca che mi ero fatto del luogo. Fu un incontro che avvenne in circostanze particolari. Stavo scendendo verso il paese lungo il sentiero che attraversava il bosco, quando a un tratto udii un tramestio che proveniva dalla vegetazione. Mi fermai, incuriosito. Pensai subito a qualche animale spaventato – forse un cerbiatto – che sarebbe sbucato all'improvviso tagliandomi la strada, ma non tardai a scoprire che si trattava invece di un uomo dalla corporatura cosí massiccia da risultare perfino deforme. Con indosso un grembiule in crosta di cuoio, si aggirava tra gli alberi reggendo un secchio di plastica ricolmo di tritume rossastro che lui spargeva a piene mani sul terreno. Accortosi della mia presenza, levò lo sguardo su di me: il mento sfuggente e il labbro inferiore pendulo mi fecero pensare a un ritardato mentale al quale fosse stato affidato un compito che nessun altro avrebbe voluto svolgere. Non appena mi vide, l'uomo agitò il braccio come in segno di minaccia. Che cosa avrà voluto dirmi con quel gesto? Proseguii lungo il sentiero in preda a una crescente sensazione di disagio, come se avessi sconfinato in una proprietà privata. Non chiedevo altro che di allontanarmi al piú presto da quel luogo e di raggiungere l'abitato. Avrò percorso qualche centinaio di metri, quando udii alle spalle il passo affrettato di qualcuno che faceva la mia stessa strada. Per un attimo pensai si trattasse di quel tale che avevo appena visto aggirarsi nella boscaglia, ma l'incedere era troppo agile e spedito per una persona della sua mole. Tirai diritto e mi voltai solo all'ultimo momento, quando già lo sconosciuto stava per affiancarmi. Sul momento provai un senso di sollievo nel vedere che si trattava di un prete. Un prete cattolico: con tanto di tonaca e saturno. Piccolo e un po' curvo – cosí mi ero sempre figurato padre Brown –, mi superò con passo veloce e dopo avermi rivolto un breve saluto mi mise subito in guardia: "Stia attento alle volpi", disse con voce concitata, "non le lasci avvicinare: c'è in giro un'epidemia di rabbia silvestre". Pronunciata che ebbe questa frase, proseguí il suo cammino, distaccandomi ben presto fino a sparire dietro la prima curva del tortuoso sentiero. Tale mi era sembrata la sua fretta – come se letteralmente avesse il diavolo alle calcagna – da farmi temere un pericolo imminente. Mi trovavo nel punto in cui il bosco si faceva piú fitto e le cime degli abeti piú alti oscuravano

9

il pallido disco del sole. Sarà stata la suggestione causata da quello strano avvertimento, ma tutt'a un tratto sentii che stavo per essere assalito dal panico. Raccolsi da terra un robusto ramo secco, pronto a difendermi all'occorrenza, e cominciai a correre nel tentativo di raggiungere il prete che, con il suo passo da podista, si era ormai dileguato. Di lí a poco, però, nel vedere delinearsi tra gli abeti le prime abitazioni e il baluginare accecante del lago, riacquistai la calma».

Friedrich, quindi, raggiunge il centro abitato, dove la vita di tutti i giorni si svolge in modo ordinato e tranquillo. In mezzo a tanta normalità, sorride al pensiero di essere stato vittima di un timore irrazionale. Quasi non gli sembra vero quanto gli è appena accaduto. Ben presto si convince che è stato solo uno scherzo dell'immaginazione. Entra nel salone dei congressi e prende posto in una delle poche poltrone rimaste libere. Per qualche minuto segue distrattamente la relazione in corso: un ampolloso excursus sulla vita di Jung. Poi, tra tanti barbuti e bianco-criniti professori – alcuni con la pipa spenta tra i denti – ecco che, seduto una decina di file piú avanti, scorge il piccolo prete cattolico che ha appena incontrato nel bosco. Non tarda a scoprire che è uno dei relatori. Terminata la conferenza in corso, infatti, il prete sale a sua volta in cattedra. Friedrich consulta il programma che tiene in tasca. È l'ultima relazione della mattina, e avrà termine a mezzogiorno. In quel preciso istante l'orologio del municipio ha scandito il decimo rintocco, e con puntualità svizzera la parola passa a padre Cornelius – cosí si chiama il prete – il quale farà un intervento intitolato: *Il dia-*

volo trasformista. Ecco dunque spiegata tutta quella fretta – pensa Friedrich –, evidentemente temeva di arrivare in ritardo alla conferenza: una mancanza che gli uditori avrebbero ritenuto imperdonabile.

Il religioso affronta il problema del male e del suo emissario con varie digressioni nel mondo dell'arte e della letteratura, per arrivare tuttavia a un particolare punto di vista, sostenendo cioè la tesi di un diavolo incarnato che si confonde in mezzo alla gente e può rivestire molteplici ruoli, assumendo a volte l'identità e l'aspetto di persone apparentemente normali, con le quali abbiamo tutti i giorni dei rapporti personali... Niente fumi di zolfo, quindi, ma la piatta quotidianità. La sua tesi diventa ben presto fonte di divergenze. Un tema cosí «laico», esposto in quel sacrario della psiche in modo quasi disarmante da un pretino di campagna, non può che sollevare dei commenti sarcastici, tant'è che alcuni escono dalla sala protestando. A Friedrich, tuttavia, l'argomento sembra piuttosto originale, e potrebbe benissimo essere raccolto in volume; l'esposizione, inoltre, è chiara e il linguaggio alla portata di tutti, come quello di un sermone domenicale. Friedrich lo ascolta avidamente, senza perdere una sola parola, e si convince sempre piú di aver trovato ciò che cercava. Cosí non tornerà a mani vuote dallo zio, e forse si meriterà anche un congruo aumento di stipendio. Nella sua mente, già vede le parole pronunciate dal sacerdote stamparsi sulla carta, raccogliersi in tante cartelle che si ammucchiano sulla sua scrivania fino a formare un volume; ne immagina persino la copertina. Intanto il tempo è volato: le due ore a disposizione sono scadute e con mirabile sincronia, ai rintocchi delle dodici, padre Cornelius, salutato da un tiepido applauso, termina la sua esposizione. Il primo impulso di Friedrich è quello di avvicinarlo, ma in mezzo alla gente che si affolla verso l'uscita viene sospinto anche lui fino all'esterno. E quando, diradatasi la calca, rientra nella sala delle conferenze, del prete non c'è piú traccia.

Seguono alcune pagine in cui Friedrich esterna al lettore le sue preoccupazioni. Teme infatti di non riuscire piú a incontrarlo e che, finita la relazione, il prete sia già ripartito. Vani sono anche i suoi tentativi, presso la segreteria del convegno, di scoprire dove alloggia il religioso: di fronte all'ostentata chiusura del dialetto locale il suo forbito tedesco sembra essere diventato un'incomprensibile lingua straniera. Cosí, per tutto il pomeriggio Friedrich gira per il centro abitato nel tentativo di incontrare padre Cornelius, finché verso sera non decide di rientrare. È stanco e deluso, e anche affamato. Sa bene che a una certa ora la cucina della Gasthof Adler chiude, e dopo aver saltato il pranzo non se la sente di andare a letto anche senza cena. Ma ecco che al suo rientro lo attende una sorpresa.

«Non appena entrai nella sala da pranzo lo vidi seduto in un angolo, unico ospite intento a consumare il pasto. Dopo averlo cercato invano per tutto il giorno, eccolo lí, padre Cornelius! Non mi sembrò vero. Pensando al nostro incontro lungo lo stesso sentiero che portava al centro abitato, avrei dovuto immaginare che anche lui alloggiasse alla Gasthof Adler – non c'erano, infatti, altri alberghi o locande nei dintorni.

Questa volta non me lo sarei lasciato scappare. A giudicare da quel che gli restava ancora nel piatto, calcolai che avrei avuto il tempo necessario per tentare un abboccamento. Sedetti non troppo distante, ma lui non sembrò badare alla mia presenza: era completamente assorto nei suoi pensieri, e ogni tanto muoveva le labbra come se parlasse da solo. Quella sera, da ultimo arrivato, dovetti accontentarmi di un piatto freddo accompagnato da una pinta di birra; ma in quel momento mi bastava placare la fame, ché i miei pensieri vagavano altrove: ciò che piú mi premeva, infatti, era di trovare le parole giuste per attaccare discorso. Aspettavo solo il momento buono, il quale però sembrava non voler arrivare. Sia per la presenza della cameriera, la quale non vedeva l'ora di poter sparecchiare, sia per il fatto che l'attenzione del prete era rivolta da tutt'altra parte, diventava sempre piú difficile tentare il primo approccio. Piú volte mi ero schiarito la voce per dire qualcosa, magari elogiando la sua conferenza, o rammentandogli il nostro fugace incontro nel bosco. Sarebbe bastato poco, ma tutte le volte qualcosa all'ultimo momento mi bloccava. In compenso non smettevo un istante di osservarlo. Sarà stato a causa della scarsa illuminazione del locale e delle pareti rivestite di legno scuro, ma al confronto del brillante conferenziere che avevo ascoltato solo poche ore prima, mi sembrava di avere davanti un'altra persona: un uomo stanco, corrucciato, oppresso dai propri pensieri. Ormai aveva vuotato il piatto, e potevo contare solo sul tempo che gli sarebbe occorso per consumare le due dita di birra che gli restavano ancora nel bicchiere; un sorso o due, dopodiché avrebbe potuto anche alzarsi e andarsene piantandomi in asso. Dovevo sbrigarmi. A un tratto, però, sentendosi osservato, il prete levò gli occhi su di me. Mi fissò per qualche istante, poi abbozzò un mezzo sorriso, segno che mi aveva riconosciuto.

– Spero, – disse, – di non averla allarmata troppo questa mattina –. E senza darmi il tempo di replicare, proseguí: – Lo sapeva lei che ogni anno muoiono centinaia di migliaia di persone in tutto il mondo a causa di questo terribile morbo? Ciò avviene naturalmente in luoghi lontani dalla civiltà: in certi villaggi dell'Africa o dell'Asia, troppo distanti da un ospedale che possa assicurare loro una cura tempestiva. Questi poveretti sono destinati a una fine atroce, atroce per sé e per i familiari, i quali ben poco possono fare per alleviare le loro sofferenze.

Non sapevo che cosa dire, cosí buttai lí una frase:

– E lei ha avuto modo di assistere sul letto di morte qualcuno di questi malati?

– È uno spettacolo che non augurerei a nessuno di vedere.

Per un attimo il prete abbassò lo sguardo, come pentito di quanto gli era sfuggito di bocca. Pensò di sicuro di dover giustificare una simile affermazione: – La rabbia, di cui la volpe è riconosciuta come la principale portatrice, suscita in noi una paura atavica, in quanto non solo porta a una terribile morte, ma è in grado di far emergere, della natura umana, ciò che da sempre si tenta di nascondere: l'insopprimibile ferocia che si cela in tutti noi. Come non bastasse, il suo è un verso agghiacciante tanto da far accapponare la pelle ai piú coraggiosi. Tutto ciò alimenta la superstizione popolare, che spesso la associa al demonio. Ed è un vero peccato che un animaletto tanto grazioso sia costretto a portarsi addosso una cosí triste nomea.

A quel punto il prete s'interruppe di colpo, come se si fosse accorto troppo tardi di avermi usato una scortesia: sebbene potessi apparire ai suoi occhi poco piú di un ragazzo, l'avermi interpellato cosí bruscamente non rientrava nelle regole della buona educazione. Cercò di rimediare, si alzò quindi dal suo posto, si avvicinò, e dopo le dovute presentazioni chiese il permesso di sedere al mio tavolo. Accettai di buon grado. Ebbi modo cosí di osservarlo meglio: difficile attribuirgli un'età, il suo volto appariva pallido, corrucciato, i capelli erano corti e rossicci, ancora segnati sulle tempie dal solco impresso dal copricapo ecclesiale...

– Si trova qui per il convegno? – chiese.

Con quella domanda mi facilitava le cose, dandomi per di piú l'occasione di mettermi in mostra.

– Faccio il consulente di una casa editrice, – dissi. – Mi trovo qui alla ricerca di un testo da poter pubblicare nella nostra nuova collana. Anzi, devo dire che oggi stesso ho ascoltato la sua relazione e l'ho trovata molto interessante. I suoi riferimenti letterari: Goethe, Mann, Hoffmann, la pittura simbolista... A volte, però, ho avuto l'impressione che fossero piú numerose le cose taciute di quelle dette. Mi è sembrato che lei parlasse del diavolo come di un essere realmente esistente.

– Infatti, è cosí. Solo che non potevo dirlo apertamente davanti a una platea di psicoanalisti. Avrei corso il rischio di essere messo sotto analisi seduta stante –. Rinforzò con un mezzo sorriso la debolezza della sua battuta.

– Vuole dire che lei l'ha incontrato?

– Certamente, – rispose il prete con grande serietà.

– Per caso lei è un esorcista?

– Nulla di tutto questo. Sto parlando del diavolo fattosi persona, in carne ed ossa come lo siamo io e lei.

– Com'è possibile? Intendo dire, un diavolo censito, con tanto di nome e cognome, patente di guida e tessera sanitaria.

Il prete si rabbuiò in volto.

– Una cosa non esclude l'altra. In realtà egli è un uomo a tutti gli effetti: nasce da un padre e una madre, quasi sempre persone pie e morigerate che accettano il fardello di una simile prole come un'espiazione. Altri però non reggono e riescono a sbarazzarsi del diavolo quando questi è ancora in fasce. Perciò molti di loro sono dei trovatelli, bambini abbandonati dai genitori, non per necessità economiche, ma per aver manifestato sin dai primi giorni di vita la loro natura maligna. E infine vengono adottati da coppie senza figli desiderose di farsi una prole. Il diavolo sfrutta cosí la sua posizione di parassita, e il piú delle volte fa morire i suoi genitori, vuoi simulando una disgrazia vuoi di crepacuore, per ereditarne i beni e dedicarsi alla propria missione. La carriera di un diavolo, però, non sempre è coronata dal successo. Molto spesso questi soggetti, che potremmo a ragione chiamare poveri diavoli, hanno vita breve e il piú delle volte finiscono dietro alle sbarre dove poche restano le occasioni di esercitare le loro arti malefiche. D'altro canto, molti nascono in famiglie legittime, blasonate, che nulla sospettano del carattere particolare dei loro rampolli, e spesso ne giustificano e addirittura ne incoraggiano il comportamento disdicevole, quasi fosse un segno distintivo di potere. E questi danno vita a vere e proprie genealogie diaboliche. Quanti ce ne siano in giro per il mondo non ci è dato di saperlo. Probabilmente molti piú di quelli che crediamo.

– E come si riconoscono?

– Ci sono segni che preludono a una natura malefica. Segni ricorrenti che però non tutti sono in grado di riconoscere.

– Ad esempio?

– Sono comportamenti che si manifestano fin dalla prima infanzia, come ad esempio la predisposizione a mentire ad oltranza, o la crudeltà gratuita verso gli animali. Naturalmente tutti i bambini mentono per sfuggire alle punizioni, o perché vivono in un mondo immaginario, cosí come tutti hanno la curiosità legittima di scoprire come è fatto nel suo interno un essere vivente, ma quando la dissezione diventa una pratica abituale e il suo scopo è solo quello di provocare dolore, in quel caso il bambino dovrà essere tenuto d'occhio. Comunque, questo è il piú evidente dei segni, ma ve ne sono decine di altri che si sviluppano piú tardi e di cui non è il caso di parlare. Uno per tutti: la capacità di far sí che i tuoi stessi pensieri si ritorcano contro di te.

Padre Cornelius sembrò scrutare sul mio volto l'effetto ottenuto dalla sua affermazione. Leggendovi una traccia di scetticismo, continuò:

– Dapprima la Chiesa e in seguito la letteratura romantica gli hanno dato risalto, l'hanno raffigurato in vari modi, gli hanno conferito un volto, un carattere, gli hanno fornito un mestiere, una missione, l'hanno rivestito nella maniera piú disparata, fino a renderlo visibile, vivo. L'hanno umanizzato, insomma.

Non ero sicuro di capire dove volesse arrivare. Mi sembrava di ascoltare i vaneggiamenti di un folle. In ogni caso volli stare al gioco.

– Sicché il diavolo sarebbe stato creato a nostra immagine e somiglianza?

– Precisamente. Non c'è nulla al mondo che, ancor prima di esistere, non sia stato innanzitutto concepito da una mente. Lei scrive, suppongo...

Colto di sorpresa, come se scrivere fosse una colpa di cui vergognarsi, mi sentii avvampare: – Me lo si legge forse in faccia?

– Non è difficile capirlo, – rispose padre Cornelius con un sorriso, – e poi, ieri sera, ho sentito il ticchettio di una macchina per scrivere.

Era vero: la sera prima, subito dopo cena ero salito in camera per mettere in bella copia alcuni appunti tracciati a matita su un taccuino. Avevo battuto a macchina qualche riga con la mia portatile, ma poi, ritenendola troppo rumorosa per la quiete di quel luogo, l'avevo riposta nella custodia. Il fatto però che portassi scritta in faccia la mia passione segreta non mi andava proprio giú.

– Per lo meno sto tentando, senza risultati apprezzabili, – risposi, con un certo imbarazzo.

– Lei è ancora giovane e ha davanti a sé tutte le strade possibili. Ma stia attento alle scelte che farà.

– Che cosa intende?

– La letteratura è la piú grande delle arti, – proseguí il prete, – ma è anche un campo pericoloso.

– In che senso, pericoloso?

– Tutte le volte che si prende una penna in mano ci si accinge a officiare un rito per il quale andrebbero accese sempre due candele: una bianca e una nera. A differenza della pittura e della scultura, le quali restano ancorate a un soggetto materiale, e alla musica, che invece trascende del tutto la materia, la letteratura può dominare entrambi i campi: il concreto e l'astratto, il terreno e l'ultraterreno. Inoltre si diffonde e si moltiplica con infinite varianti nella mente dei lettori. Lo scrittore, senza saperlo, può diventare un formidabile eggregore.

– Eggregore? Che cos'è?

Il prete assunse un atteggiamento paziente.

– Oggi il senso del termine si è di gran lunga ridimensionato. Significa una reazione a catena provocata da un pensiero univoco. C'è una storiella esemplare a proposito: si racconta che in un antico convento di frati una folata di vento avesse sollevato in aria un saio steso ad asciugare al sole. Dopo un breve volo l'abito monacale era planato come un aquilone in fondo a un dirupo impigliandosi tra i rami di un cespuglio, non lontano dal sentiero che i frati percorrevano la mattina presto nella loro passeggiata quotidiana. E tutte le volte quell'abito assumeva sempre piú nella fantasia dei monaci la forma di un uomo. Qualcuno allora suggerí che poteva trattarsi del diavolo, appostato in quel luogo per fare la conta delle anime. Da quel momento nella mente dei monaci quella figura continuò a farsi sempre piú minacciosa, finché non prese forma materiale e gettò lo scompiglio in tutto il monastero. E solo l'intervento del vescovo lo indusse ad andarsene e a riprendere la forma di prima: quella di un semplice cespuglio. Lo scrittore, quindi, può formare una catena di pensiero in grado persino di dar vita e intelligenza a una figura da tutti considerata immaginaria, come si ritiene sia il diavolo.

In quel preciso istante udimmo aprirsi la porta della locanda. Era entrato qualcuno, ma dal punto in cui stavamo seduti non potevamo vederlo. Si udivano solo i suoi passi pesanti calcare le assi del pavimento; evidentemente era un cliente che si era fermato per bere qualcosa. Per un attimo quel tale si affacciò alla porta, oscurandone con la sua sagoma l'intero riquadro. Nel vederlo, sobbalzai sulla sedia. L'uomo, infatti, era lo stesso che avevo incontrato nel bosco, intento a spargere sul terreno quella poltiglia sanguinolenta. Stavolta, però, la sua figura minacciosa era ingentilita da una camicia pulita aperta sul collo poderoso, e da una giacca a quadretti che sembrava ricavata da un copriletto a due piazze. Poiché nessuno si faceva vivo, lo sentimmo uscire borbottando tra i denti. Padre Cornelius mi guardò dritto in faccia.

– Si parla del diavolo...

Sbottai in una risatina nervosa: – Quell'uomo l'ho incontrato stamattina.

– Si chiama Hans, – precisò il prete, – ed è l'aiutante del veterinario del luogo. In questo periodo è incaricato a svolgere un compito davvero ingrato.

– Il compito di spargere... che cosa? Esche avvelenate?

Padre Cornelius scosse la testa: – Nonostante l'aspetto, Hans è un uomo mite e sensibile, e ama molto gli animali, per cui il suo compito è doppiamente spiacevole: quella disgustosa poltiglia non solo deve prepararsela con le sue mani, ma deve anche trovare la materia prima.

– Che sarebbe?

– Volpacchiotti.

– Vuol dire cuccioli di volpe?

– Li cattura nelle loro tane e non esita a farli a pezzi. Allo scopo porta sempre una mannaia e un tagliere di legno appesi alla cintola. Solo l'odore della loro prole uccisa tiene lontane le volpi rabide dai centri abitati.

A quelle parole mi sentii torcere lo stomaco, ma padre Cornelius non sembrò accorgersene e proseguí come se nulla fosse.

– La volpe infetta dalla rabbia, – disse, – ha uno strano comportamento: non scappa alla vista dell'uomo, ma gli si avvicina con fare effusivo finché non è in grado di azzannare. E cosí anche il diavolo: il suo primo stratagemma, infatti, è quello di stringere amicizia con la vittima designata. Quindi, la prima regola di difesa è quella di non lasciarsi ingannare dalle apparenze. Oggi il diavolo non ha piú le corna, né la mantellina a due facce, non sprigiona piú vapori di zolfo, non ci spaventa con il suo aspetto, ma anzi fa di tutto per rendersi utile e simpatico. Non ha, come si potrebbe pensare, l'aspetto dell'imbonitore, né del lenone che ci strizza l'occhio, e neppure quello del compagnone ridanciano, dall'inesauribile repertorio di storielle piccanti. Ha sempre un aspetto curato, veste in doppiopetto, ha un eloquio forbito, un tono di voce suadente. Salvo un particolare che al momento sfugge all'attenzione, ma che è tuttavia percepito inconsciamente e lo rende ridicolo. È come scorgere, nell'abbigliamento di chi si picca di sfoggiare una sofisticata eleganza, l'etichetta del prezzo ancora attaccata al colletto della giacca. Ma guai a scoprire questo particolare, o meglio, guai a farsi scoprire di averlo notato, perché questo lo manderà su tutte le furie, e allora vi prenderà di mira. È infatti estremamente suscettibile, è l'ultima ruota del carro, il fanalino di coda della gerarchia infernale, e perciò motivato ancor piú a far carriera; in altre parole, è il prototipo del caporale che aspira a diventare un giorno il grande condottiero. Ma, come tutti noi, anche il diavolo deve fare i conti con la Storia e i suoi mutamenti. A causa dei progressi della scienza e della tecnologia, il terreno gli è venuto a mancare sotto i piedi, e ha dovuto ben presto accettare la modernità, o meglio, rassegnarsi a essere inadeguato ai cambiamenti repentini del nostro secolo. Ormai i grandi palcoscenici di un tempo, con le affascinanti scenografie che ne esaltavano la figura, non esistono piú; le imponenti cattedrali sono sostituite da chiese progettate da men che mediocri architetti, i grandi teatri sono disadorni come oratori parrocchiali, e i tenebrosi castelli, quando non sono diroccati del tutto, vengono invasi da torme chiassose di mocciosi, accompagnati da genitori che si aggirano per le sale con il Baedeker in mano e il naso per aria. In uno scenario del genere, cosa resta al povero diavolo della vecchia scuola? Che cosa deve fare per non essere surclassato dalle nuove generazioni diaboliche? Ormai è troppo vecchio per potersi aggiornare – già, perché anche il diavolo incarnato è sottoposto di conseguenza alle leggi terrene: invecchia, va fuori moda, perde il suo smalto, si ammala e infine muore, dannato come lo era alla nascita. L'ambito delle sue operazioni si è ridotto di molto, i suoi trucchi da prestigiatore sono ormai cosa vecchia: il mondo del cosiddetto potere spirituale è fuori dalla sua portata, e così pure quello del potere finanziario, che è ormai appannaggio della politica corrotta; ciò che gli resta, quindi, è solo il potere fine a se stesso, quello che si esercita in qualsiasi congregazione umana dove ci sia della competizione. Potrebbe essere la bocciofila del quartiere come il più esclusivo circolo rotariano. Ma tanto meglio se si tratta di competizione pseudo-intellettuale. Quindi, il suo luogo ideale è la società letteraria, non solo perché la letteratura è l'ultimo lembo del sapere che gli riconosca ancora una certa credibilità, ma anche perché è il luogo dove ogni vanagloria, alimentata dall'invidia, cresce a dismisura, dove anche il più banale dei pensieri – purché sia impresso a caratteri tipografici – viene accettato come verità assoluta.

Cominciavo a sentirmi a disagio, proprio perché veniva messa sotto accusa un'attività a me cara, alla quale pensavo di dedicarmi totalmente in futuro.

– Secondo lei, quindi, la letteratura è un male?

Dopo questo sfogo improvviso, padre Cornelius si ricompose e, riacquistata la calma, proseguí con tono più pacato.

– Non è mia intenzione distoglierla dalla sua fervente passione, né mettere in discussione la grandezza e l'utilità della letteratura. Come ho già detto, essa è la più sublime delle arti. E la sua domanda se la letteratura sia un male mi lascia perplesso; sarebbe come chiedersi se il male non sia l'uomo stesso, e poiché la letteratura è l'espressione più genuina e profonda dell'uomo, in essa confluiscono tutte le miserie umane, come anche la sua grandezza. Tuttavia, non è dell'arte che voglio parlare quanto piuttosto delle debolezze dei suoi operatori e delle passioni che li divorano rendendoli facile preda del Maligno. Infinite sono le specie di scrittori, me li immagino come altrettanti cuochi, li vedo chini sui propri fornelli, intenti a creare i loro manicaretti, gourmet sopraffini e cucinieri da caserma. Basta mettergli in mano una penna al posto del mestolo e avremo chiara davanti agli occhi la specie dei letterati, classificabili in generi, famiglie, ordini e via dicendo, anche loro intenti a cucinare a fuoco lento le proprie idee, gelosi delle loro ricette segrete, disposti a farsi in quattro per un'orda di crapuloni, ad onta dei loro titoli nobiliari e professionali: gente dal palato di cartapesta, pronta a muovere le mandibole solo per triturare il cibo e gonfiare lo stomaco, gente che a fine pasto si sente in dovere di spegnere la sigaretta nella panna immacolata di una fetta di Saint Honoré. Ecco, non sembra anche a lei che questa immagine rispecchi quella che è la società letteraria?

In realtà, ne avevo abbastanza delle sue disquisizioni sui letterati.

– Non saprei, dal momento che non frequento alcuna società letteraria, né mai l'ho frequentata.

– Buon per lei. Si tenga lontano da quei ricettacoli di malevolenza. Spesso è proprio in quelle cucine che si aggira il diavolo. E le assicuro che non ci si può aspettare da lui che dimostri un briciolo di riconoscenza nei loro confronti. Anzi, è proprio con i letterati che se la prende maggiormente. È come se volesse distruggere la fonte da cui proviene, cancellare ogni prova di essere stato creato da un manipolo di geniali quanto imprudenti letterati. Posso dirglielo a ragion veduta: conosco un luogo, infatti, dove un'intera colonia di letterati è stata travolta da un diavolo particolarmente intraprendente.

A quelle parole rizzai le orecchie. Che fosse in procinto di raccontarmi una storia? Non osavo sperarlo.

– Ah sí? E questo dove è accaduto? – domandai, con l'intento di farlo parlare.

A interromperci sul piú bello arrivò la cameriera che, dopo aver sparecchiato, venne a darci alcune disposizioni. Era chiaro che non vedeva l'ora di andarsene; probabilmente era già in ritardo a un appuntamento. Ci avvertí che avrebbe chiuso la porta d'entrata, ma dal momento che eravamo rimasti gli unici ospiti dell'albergo, potevamo restare tranquillamente al nostro posto. Per ogni evenienza, avevamo la chiave della porta di servizio. Padre Cornelius ne approfittò per ordinare un boccale di birra... anzi due, uno anche per me. Tutto lasciava pensare che volesse intrattenermi ancora a lungo.

A tutt'oggi, quando ripenso al momento in cui padre Cornelius mi propose di raccontarmi la sua storia, mi chiedo che cosa ne sarebbe stato della mia vita se avessi deciso di non ascoltarlo, se avessi declinato la sua offerta per ritirarmi con qualche scusa nella mia stanza. In tal caso, forse, sarei diventato uno scrittore come avevo sempre sognato di essere. Avrei percorso la mia strada, avrei attraversato in lungo e in largo il mio podere, per quanto modesta potesse essere la sua superficie, senza sconfinare nella proprietà altrui, di sicuro piú vasta e inesplorata, ma anche ricoperta di forre e di pericolose sabbie mobili. Ma per un aspirante scrittore una storia raccontata da uno sconosciuto è come manna dal cielo. La tentazione era troppo forte.

Nulla e nessuno mi avrebbero convinto a rinunciare. E poiché sembravo ben disposto ad ascoltarlo, il prete iniziò a raccontare».

1.

Non le dirò il nome della località in cui si è svolta
questa tragicomica vicenda. Anzi, è mia intenzione
fuorviarla per quanto possibile. Ciò per salvaguarda-
re il buon nome di quelli che sono stati i miei parrocchiani. Quanto accaduto, infatti, non è per nulla edi-
ficante, ed è difficile credere che, a causa del diavolo,
un'intera comunità, in preda all'isteria collettiva, sia
stata coinvolta in una serie di eventi che ci riportano
ai tempi del medioevo. Forse un giorno lei potrebbe
scoprire da solo questo luogo, ma in ogni caso la morale non cambierebbe. Pertanto, consideri quanto le
dirò alla stregua di una semplice parabola.

Il luogo di cui le parlo è situato in un cantone della Svizzera. Lo chiamerò con un nome convenziona-
le: direi che Dichtersruhe[1] gli si adatti perfettamente.
Dichtersruhe si trova in una vallata stretta e profonda, quasi soffocata dalle montagne, tagliata in due da
un torrente che spesso s'ingrossa con le piogge e che
rumoreggia tutto l'anno, salvo che nei rari periodi di
secca. L'aspetto del paesaggio rispecchia il carattere
dei suoi abitanti: accogliente d'estate, mortalmente
squallido nella stagione fredda. Dichtersruhe è la fra-

[1] Riposo del poeta.

27

zione di un centro piú grande, e tuttavia resta ancora oggi di gran lunga piú importante del centro stesso di cui fa parte, per la semplice ragione che vi soggiornò Goethe per una notte, credo, o forse due – il tempo necessario al fabbro ferraio locale per riparare il mozzo del calesse su cui viaggiava il poeta. Il richiamo turistico era fin troppo ghiotto perché piú di un secolo dopo qualcuno non cominciasse a sfruttarne il nome, attribuendosi il merito di avergli dato ospitalità. Cosí, ancora oggi ci sono ben tre locande in lizza, ma basterebbe consultare il tavolare per scoprire che a quel tempo a Dichtersruhe non c'erano locande vere e proprie, e che forse Goethe aveva trovato ospitalità presso una famiglia sufficientemente agiata da avere a disposizione una camera per i rari viandanti che attraversavano la valle. Solo agli inizi del Novecento sarebbe iniziata l'attività alberghiera come la conosciamo oggi. Non è ben chiaro, quindi, da dove sia nata questa credenza. Essa tuttavia si è tramandata di generazione in generazione, rafforzandosi nel corso dei secoli. Ben tre locande, la Gasthof Meyer, la Gasthof Webern e la Pension Müller, si contendono ancora oggi questo privilegio, tre locande con altrettante stanze e altrettanti letti sui quali i proprietari sono pronti a giurare che l'illustre ospite, proveniente da Weimar e forse diretto in Italia, si sarebbe riposato dalle fatiche del viaggio. Solo una delle tre, tuttavia, può vantare un particolare – forse una geniale trovata del gestore – che la rende piú credibile: un robusto chiodo dalla testa quadrangolare, infisso nella parete accanto alla porta d'entrata, un rozzo attaccapanni al quale l'illustre letterato avrebbe appeso il pastrano non appena varcata la soglia. Sotto questa reliquia, venerata quasi fosse il chiodo della Croce, c'è una targa di ottone con incisa la data presunta dell'avvenimento e, accanto, un foglio di pergamena che riporta un aforisma attribuito a Goethe: *l'arte è lunga, la vita è breve, il giudizio difficile.*

Sono tornato a Dichtersruhe di recente, dopo dieci anni di assenza. All'apparenza nulla era cambiato, e tuttavia ho potuto aggirarmi per le strade ed entrare in qualche locale senza incontrare nessuno di quelli che conoscevo. Le pietre restano, le vite passano: qualcuno è deceduto, qualcun altro si è trasferito, i bambini sono diventati adulti e forse neppure ricordano quell'episodio di follia collettiva che investí l'intera comunità. Per il resto, Dichtersruhe è rimasta tale e quale. D'estate è una località incantevole, da cartolina. Ancora oggi, da giugno ad agosto, quando le locande si riempiono di villeggianti, l'intero paese si rianima, e nella piazza centrale si allestiscono i vari mercatini con le specialità artigianali, tra le quali, al posto dei soliti bambolotti in costume tradizionale, prevale di gran lunga la figura di Goethe, intagliata nel cirmolo o plasmata con la creta. Quella è un'attività alla quale da sempre i vecchi e i bambini si dedicano nei mesi invernali. I piú abili riescono a riprodurre il famoso quadro di Tischbein, quello che ritrae il poeta adagiato su una chaise-longue nel bel mezzo della campagna romana. E pazienza se a volte il polpaccio appare un po' tozzo, o se la mano è solo abbozzata, tanto da sembrare infilata in una muffola di lana. Ciascuno si ingegna come meglio può; del resto, i soggetti con cui cimentarsi non mancano: si trovano in vendita, cosí, varie versioni del busto del

29

poeta, ritratti in bassorilievo piú o meno somiglianti, e persino innumerevoli varianti della sua maschera mortuaria, fino ad arrivare ai piattini dipinti a mano che riportano alcuni dei suoi aforismi. Per il resto, il paese non ha attrazioni particolari, né impianti sciistici – bisogna spostarsi di parecchi chilometri per trovare delle stazioni attrezzate al turismo invernale. Dichtersruhe resta cosí un luogo per pigri escursionisti che, atteggiandosi a esperti rocciatori, amano inerpicarsi lungo i declivi boschivi scevri di pericoli. Nei pressi c'è anche una stazione di cura, con una fonte di acqua termale, vero toccasana per i reni. Il Kursaal si distingue per un agglomerato di graziosi padiglioni in legno di pino, verniciati di verde, con tetti a pagoda culminanti con banderuole di latta, cigolanti alcune a ogni zefiro alpino. La restituzione – per cosí dire – dei liquidi ingeriti avviene, quando il tempo lo permette, all'esterno dei padiglioni, dove ci sono file di sedie a sdraio, disposte non troppo lontano dagli orinatoi.

Oltre alle tre locande, quasi ogni famiglia mette a disposizione una stanza da affittare a mezza pensione. Nel centro della piazza, di fronte al caffè Oetker – che è anche un ottimo ristorante – è collocata la figura in bronzo di Goethe, opera di un famoso scultore svizzero. Posta su un piedistallo di marmo, la statua, alta due metri, rappresenta il poeta in piedi, con indosso una finanziera, il cappello a tesa larga, e i polpacci sostenuti da stivali dall'orlo risvoltato. Con una mano si appoggia a un bastone e nell'altra stringe un rotolo di fogli. Il suo nobile profilo è rivolto verso l'alto, guarda verso le montagne, come se volesse orientarsi sul percorso da prendere. Quella statua perennemente esposta alle intemperie di volta in volta s'imbacucca di bianco nelle giornate nevose, o si orna di pendenti di ghiaccio, e in certe precipitose giornate invernali, fatte di fulgidi azzurri, il bronzo lucente sembra catturare l'ultimo raggio del sole al tramonto. A volte un corvo si posa sulla spalla del poeta, come a volergli suggerire un verso, o una cinciallegra nidifica per una stagione sotto l'ala del suo cappello.

2.

Fu proprio a Dichtersruhe che dieci anni fa fui assegnato dalla diocesi in qualità di vicario, per fungere da sostegno a quello che era il parroco da oltre mezzo secolo, e che malgrado avesse superato di parecchio i novant'anni non si era ancora rassegnato a mettersi a riposo. Avrei dovuto quindi prendere il suo posto in quelle mansioni che erano diventate per lui troppo faticose. In realtà ero in tutto e per tutto il suo sostituto, poiché lui si limitava a qualche rara apparizione nelle ricorrenze piú importanti, e per il resto del tempo stava rinchiuso nel suo appartamento a scrivere – come avrei scoperto piú tardi – le proprie memorie.

A me era stata destinata la parte della canonica rivolta a nord, con una spoglia camera da letto e uno studiolo senza pretese che in tutti quegli anni erano rimasti inabitati. Ai pasti provvedeva la perpetua, per cinquant'anni fedelissima al parroco. Non dividevamo, però, lo stesso desco: io mangiavo in cucina sotto l'occhio torvo della vecchia, e il parroco si faceva portare i pasti nello studio, dal quale usciva raramente. Nonostante la sua età, se si eccettua una certa debolezza alle gambe, godeva ancora di buona salute. Aveva un volto paffuto, sormontato da una gronda di candide sopracciglia, e un naso rosso e spugnoso che faceva dubitare della sua sobrietà. Il suo nome era padre Cristoforo.

Nel suo studio mi riceveva di rado, e solo per darmi delle spicce disposizioni. Un ambiente confortevole il suo: pareti rivestite in abete, un soffitto a cassettoni, scaffalature stracolme di libri, e anche un caminetto che prometteva bene. La sua scrivania era interamente ricoperta di carte, delle quali sembrava molto geloso. Un giorno che mi ero sporto un po' troppo per dare una sbirciatina a uno di quei fogli, lui me l'aveva sottratto alla vista con un gesto cosí brusco da farmi restar male. Ero sicuro che non mi vedesse di buon occhio, che mi considerasse addirittura un intruso. Dal canto mio, in quel luogo mi sentivo sempre piú depresso. Abituato alla vita di città, il ritrovarmi in un villaggio di mille anime era insopportabile. Sapevo bene, inoltre, che la causa di questo trasferimento erano state delle dicerie sul mio conto. Dicerie del tutto false, ma che, alimentate a dovere da un coro di voci malevole, avevano assunto nel tempo una forte connotazione di verità, convincendo il vescovo a confinarmi in questa valle.

Capii subito che non avrei avuto vita facile con i miei parrocchiani, lo capii dalla scarsa affluenza alle funzioni, e al segreto della confessione. Dopo cinquant'anni passati con lo stesso parroco erano convinti di essersi meritati l'indulgenza plenaria a vita. Per mezzo secolo avevano aperto l'animo a padre Cristoforo, e sembrava loro inutile ricominciare tutto da capo con un pivello di cui non erano del tutto sicuri che fosse in grado di custodire i loro segreti. Quando a celebrare la messa domenicale ero io, la chiesa era semivuota, e si riempiva solo con la presenza del vecchio parroco. Ogni mio entusiastico tentativo di socializzare con la gente del luogo venne smorzato dall'indifferenza, ogni mia proposta di avvicinare i giovani, istituendo corsi di pittura, di recitazione, di musica o altro ancora, fu smaccatamente disertata. Come sostituto di padre Cristoforo, il quale ormai quasi non usciva piú di casa, occupavo il suo scranno nel consiglio comunale, ma restavo a tutti gli effetti una presenza insignificante, in quanto, essendo nuovo del posto, ero impossibilitato a esprimere la mia opinione che, del resto, a nessuno interessava conoscere.

Gli abitanti di Dichtersruhe erano quasi tutti imparentati tra loro. I nomi piú diffusi e antichi erano Meyer, Müller e Webern. Seguivano poi altri cognomi, meno diffusi nel comprensorio ma piuttosto comuni in Svizzera, come Schwartz, Keller, Linz... Naturalmente c'erano molti Meyer che avevano sposato una Webern o una Müller, e viceversa, formando un fitto reticolo di discendenze, dove i figli maschi portavano tutti il nome di battesimo del nonno, e molto spesso del padre, sicché per individuare qualcuno con certezza era necessario ricorrere al soprannome, di cui tutti erano provvisti, e che a volte corrispondeva al mestiere, ma molto spesso era un nomignolo burlesco la cui origine restava incomprensibile persino a chi lo portava. Per quanto con il passare del tempo certi appellativi, trasmessi di generazione in generazione, avessero perso del tutto il loro significato letterale, chi, come me, li sentiva per la prima volta, non poteva fare a meno di sorridere al pensiero che ci fossero dei Webern Grattapancia, dei Müller Cacasotto, o peggio ancora.

Nei mesi estivi i paesani mi esternavano ancora una certa cordialità, ma con l'accorciarsi delle giornate questa scemava in corrispondenza della caduta del sole, fino a scomparire del tutto nei mesi invernali. Ciascuno allora si chiudeva in se stesso, si isolava dagli altri. Ciò rendeva difficoltoso il mio lavoro, che necessitava invece di mantenere un rapporto stretto con la gente, compito che mi sembrava a volte senza speranza. Naturalmente, avevo bussato di porta in porta, ero entrato in tutte le case per portare la mia benedizione, ma scontrandomi sempre con il piú stretto riserbo. Che a qualcuno fosse venuto in mente di invitarmi a sedere, di offrirmi un bicchiere d'acqua, o almeno di regalarmi un sorriso... In realtà uno, per quanto sarcastico, mi fu rivolto da un tale che mi interpellò a proposito della mia visita a casa sua, chiedendomi se le benedizioni, come le derrate alimentari, avessero una data di scadenza, e se per caso la benedizione impartita a suo tempo da padre Cristoforo non fosse piú da ritenersi valida.

Gente dura, le pecorelle del mio gregge, gente chiusa, indisponente, legata – si sarebbe detto – da un patto segreto risalente a un lontano passato. Che nessuno fosse ben disposto verso i forestieri era chiaro. Persino i turisti, che rappresentavano una parte importante dell'economia locale, erano appena tollerati, considerati un male necessario, e tutti tiravano un sospiro di sollievo nel vederli ripartire a fine estate. Finché occupavano le stanze di un albergo e acquistavano i prodotti locali potevano ancora andar bene, ma guai se a qualcuno di questi ricconi, provenienti dalle grandi città, saltava in mente di chiedere in giro se ci fosse un terreno in vendita su cui costruire una casa per le vacanze, o un rudere da poter ristrutturare. Allora doveva scontrarsi con un invalicabile muro di omertà. Quindi era del tutto comprensibile che agli occhi degli abitanti io fossi un intruso, venuto fin lí appositamente per sostituire la beneamata figura del parroco, o in ogni caso per apportare dei cambiamenti che nessuno avrebbe gradito. È risaputo che il carattere della gente subisce l'influenza del luogo, eppure, questa spiegazione non mi soddisfaceva del tutto. C'era qualcosa d'altro che ancora mi sfuggiva: gli abitanti di Dichtersruhe sembravano tutti sottostare all'influenza di un incantesimo. E fu per puro caso che riuscii a svelare il mistero.

3.

Un giorno mi trovavo all'ufficio postale per inoltrare della corrispondenza per il parroco, quando oltre il vetro dello sportello notai un pacco in uscita, indirizzato a una casa editrice. E vidi anche chiaramente il nome del mittente, un certo Hans Schwartz che abitava all'estremità del paese e che di mestiere faceva il norcino. Che cosa avesse da spartire quell'individuo con la Schuster & Schuster di Berlino non riuscivo a immaginarlo. L'unica spiegazione plausibile era che si trattasse di un ripensamento tardivo per aver sottoscritto l'acquisto di qualche costosa collana di libri. L'episodio sarebbe stato dimenticato se solo una settimana piú tardi, sempre all'ufficio postale, qualcosa non avesse risvegliato nuovamente la mia curiosità. Mi trovavo in coda allo sportello e davanti a me c'era Joseph Müller, il fornaio. Lui non si era accorto di me, e cosí potei sbirciare oltre la sua spalla. Quella che aveva in mano era una grossa busta, rinforzata sui bordi col nastro adesivo. Lui se la teneva stretta al petto, ma mi riuscí lo stesso di leggere chiaramente il nome del destinatario: stavolta si trattava di Kriegel Verlag di Monaco di Baviera.

Accortosi che mi trovavo dietro di lui, proprio nel

momento in cui stava consegnando l'involucro sembrò folgorato da un improvviso ripensamento che gli fece fare dietro front. Strappò di mano all'impiegato la busta e, visibilmente imbarazzato, uscí dall'ufficio. Capii subito che la causa del suo strano comportamento era dovuta alla mia presenza. Nel tempo necessario al funzionario per applicarci i francobolli e timbrarli avrei avuto modo di leggere l'indirizzo e il nome a cui il pacco era diretto. Per non correre questo rischio, Müller aveva preferito riportarselo a casa. Tutto questo mi sembrò estremamente bizzarro, al punto che decisi di indagare piú a fondo. Verso mezzogiorno, quando la piazza era piú affollata, mi appostavo nei pressi dell'ufficio postale, dove sembrava svolgersi un'intensa attività. Ed ecco un giorno entrare uno dei Meyer con una grossa busta in mano da spedire, e scontrarsi sulla soglia con uno dei Webern, che una busta del tutto simile a quella di Meyer l'aveva appena ritirata. C'era, quindi, un viavai di posta in uscita, e altrettanta in arrivo. Davvero insolito per un villaggio di mille anime! Per farla breve, grazie anche alla complicità del nuovo direttore delle poste, un giovane irriverente venuto dalla città, che se ne infischiava della privacy, scoprii che a Dichtersruhe tutti scrivevano, o perlomeno che non c'era una sola famiglia che non contasse al suo interno un aspirante scrittore. Incredibile! Erano tutti poeti, novellisti, storici, romanzieri... Non c'era altro luogo al mondo con un numero cosí alto di volonterosi letterati. E tutti proponevano i propri manoscritti ai grandi editori, i quali immancabilmente li respingevano al mittente. Nessuno, però, si scoraggiava – la pazienza dei valligiani è proverbiale – e continuavano a comporre romanzi, poemi, memorie e quant'altro, per poi ripartire all'attacco di qualche nuova casa editrice. A Dichtersruhe tutti scrivevano di tutto, e non solo i viventi, ma anche i defunti reclamavano i loro diritti. E cosí ogni pezzo di carta su cui ci fosse impresso o vergato qualcosa – dalla corrispondenza tra parenti fino ai contratti di compravendita di terreni o bestiame – veniva riesumato e conservato per poterne trarre un giorno qualcosa di inedito sulla storia della famiglia o del paese stesso. Benché fossero trascorsi due secoli da quando era passato di lí il grande poeta, nello spirito era ancora presente come un nume tutelare; tutti si sentivano illuminati dalla luce di una cometa, e investiti da una missione comune. L'arte di scrivere non si discostava molto da quella di lavorare il legno o la creta, e ciascuno si ingegnava come meglio poteva, secondo la propria predisposizione, umilmente, senza alcuna velleità letteraria, senza alcuna ambizione. Almeno all'apparenza, scrivere era un passatempo, un'attività ricreativa aperta a chiunque volesse cimentarsi, senza alcuna ostilità verso chi coltivava la stessa passione. Fino ad allora nessuno si era distinto, e il gregge viveva tranquillo brucando ciascuno il proprio fazzoletto di terra. Vero è che in cuor loro non avrebbero disdegnato un seppur minimo riconoscimento, ma quella era una speranza ricacciata nel fondo, tenuta a freno, e semmai solo vagheggiata nei sogni piú intimi. Contattare i grandi editori equivaleva quindi, in termini di probabilità, al tentare la fortuna alla lotteria nazionale. In ogni caso era già una bella soddisfazione ricevere una lettera che di solito terminava con le parole: *pur avendo apprezzato il suo elaborato, per il momento siamo costretti a rifiutarlo. Le auguriamo maggior fortuna etc. etc.*

Molte di queste lettere venivano incorniciate e appese alla parete, come altrettanti attestati di merito.

4.

Venuto a conoscenza di questo innocente segreto, fui portato a giudicare con maggior benevolenza i miei parrocchiani. Era una nuova consapevolezza che mi faceva guardare alle persone in modo diverso, cercando di indovinare a quale categoria appartenessero. Il borgomastro Keller, ad esempio, poteva essere un romanziere? O era uno storico? O forse un appassionato al genere poliziesco? Per quanto avessi stretto con lui un mezzo rapporto di amicizia, nulla trapelava dai nostri discorsi, che di solito vertevano sulla politica internazionale. E la moglie del consigliere cantonale Linz, cosí sofisticata nel vestire, e con quella sua elegante erre moscia, poteva essere impegnata nelle ore libere a scrivere una romantica storia d'amore? E chi poteva immaginare che il droghiere Bauer fosse l'autore di una trilogia fantascientifica. Il mio cervello lavorava ormai a senso unico: al caffè Oetker, dove mi recavo a volte per dare un'occhiata ai quotidiani, tendevo l'orecchio nel tentativo di captare ciò che si diceva ai tavoli accanto, ma attraverso il filtro ormai viziato della mia mente avevo l'impressione che il tema delle conversazioni degli avventori – i quali magari discutevano di sport o di politica – fosse sempre uno solo: la grande letteratura.

Cominciai a sentire un moto di simpatia persino nei confronti del parroco. Non potevo tuttavia fare a meno di chiedermi che cosa ci fosse di tanto interessante in quelle migliaia di pagine scritte nel corso degli anni da un uomo che non si era mai mosso da Dichtersruhe.

La scoperta della passione segreta dei miei parrocchiani mi fornì l'opportunità di allacciare con loro un rapporto più stretto. Cominciai ad attirare la loro attenzione toccando nei miei sermoni sempre più spesso il tema dell'arte, e in particolar modo della letteratura. E non tardai ad accorgermi di aver premuto il tasto giusto. In breve tempo, mi ritrovai la chiesa gremita di fedeli.

Ormai le mie prediche domenicali non si riferivano ad altro, e perciò erano molto seguite. Parlavo della dura trafila che avevano dovuto subire in passato scrittori e poeti che solo in seguito alla loro morte avevano avuto la degna consacrazione di pubblico e di critica. Raccontavo la vita di autentici talenti che non erano stati riconosciuti in vita a causa della miopia dei contemporanei. Cercavo di mettere in luce l'aspetto positivo che un rifiuto o una sconfitta possono rappresentare nella formazione di una personalità artistica. Gran parte dei miei sermoni altro non erano che lezioni di letteratura, ma non mancavo neppure di invitarli ad alzare la guardia nei confronti di tutte le tentazioni che il diavolo poteva suscitare in loro, attraverso l'orgoglio e l'invidia, e di altri pericoli che possono celarsi in un'attività che, nel perseguire la bellezza, dovrebbe essere premio sufficiente a se stessa. A venirmi in soccorso era proprio Goethe, del quale spesso leggevo interi brani tratti dal *Faust*. Quale messe sterminata di riflessioni era racchiusa nel suo poema! E mentre parlavo dal pulpito, potevo notare i volti che si accendevano come tanti lucignoli sfiorati dal passaggio di una fiamma. Dalle loro espressioni potevo indovinare quale fosse la loro passione segreta. Cominciarono a frequentare la messa domenicale persino le tre piú antiche famiglie del luogo: i Müller, i Meyer, i Webern, a cui appartenevano le tre locande che si contendevano il privilegio di aver dato ospitalità a Goethe. Tra di loro non vi era traccia di astio. Tutte e tre le famiglie erano in buona fede, tutte e tre convinte di essere nel giusto. E solo Goethe avrebbe potuto dire come erano andate le cose. Malgrado si contendessero questo privilegio, non lo facevano per trarne profitto, i clienti non mancavano, tant'è che sopra l'entrata campeggiava per tutta la stagione estiva un cartello che indicava il «tutto esaurito»; perciò tra loro non c'era mai stato alcun screzio, anzi, in molte occasioni avevano contribuito di comune intesa a iniziative atte a mantenere vivo il ricordo di quel lontano avvenimento, e si erano accordate addirittura per contribuire di tasca propria alla fusione in bronzo della statua del poeta. Ciononondimeno, una celata competizione era sempre in atto, e se il nome di una delle tre famiglie fosse apparso sul frontespizio di un libro pubblicato in migliaia di copie da una importante casa editrice, ciò avrebbe fugato ogni dubbio sull'annosa questione.

5.

Non è chiaro in che modo Dichtersruhe, questo
sperduto villaggio incanalato in una delle tante valli
elvetiche, avesse potuto attirare l'attenzione del diavolo. Presumo sia stato a causa di quello sprazzo di
notorietà che investí l'intero paese in seguito al premio ricevuto da un'abitante del luogo, selezionata in
un concorso nazionale di letteratura per l'infanzia. A
vincerlo non fu nessuno dei Meyer, né dei Webern,
né tanto meno dei Müller, ma con grande sorpresa di
tutti fu Marta, l'unica figlia della vedova Bauer, una
ragazza che in paese tutti consideravano ritardata di
mente. Si diceva che la causa della sua menomazione
fosse stato un bizzarro incidente accaduto alla madre
quando si trovava all'ottavo mese di gravidanza: una
notte, le gambe tarlate del massiccio canterano che si
trovava in camera da letto avevano ceduto di colpo e il
mobile era caduto in avanti sfasciandosi sul pavimento. Tale era stato lo spavento, che alla povera donna
s'erano rotte le acque, e dopo un parto travagliato,
dovuto alla posizione infelice del feto, era venuta alla
luce una creatura gracile, cianotica e con due giri di
cordone attorno al collo, la quale solo dopo parecchi
minuti aveva cominciato a dare i primi segni di vita.
Privato per troppo tempo dall'apporto necessario di

ossigeno, il cervello della bambina aveva subito gravi danni, precludendole ogni possibilità di poter svolgere in futuro una vita normale.

A quel tempo Marta aveva già venticinque anni. Finché una parete del convento delle Orsoline non era crollata a causa di infiltrazioni d'acqua, al punto da compromettere la stabilità dell'intero edificio e obbligando le suore a trovare una diversa sistemazione, Marta aveva vissuto da reclusa tra quelle mura, adibita ai lavori piú umili. Ne era uscita che era già donna fatta, ma era tanto piccola e magra di costituzione da sembrare una tredicenne. Quando già molte donne della sua età erano da tempo sposate e avevano messo al mondo figli, Marta sembrava segnata da tutti quegli anni passati al convento. Guardava agli uomini con implacabile stupore: li vedeva come grottesche rappresentazioni del genere femminile portato ai suoi limiti estremi; non si dava pace che avessero la voce grossa e le mammelle piatte, e i peli sul viso, e infine quella protuberanza sulle cui funzioni qualche buontempone l'aveva edotta suscitando in lei un'irrefrenabile ilarità. Marta non usciva quasi mai di casa, se non in compagnia della madre, e i luoghi in cui passava gran parte del suo tempo erano la cucina e l'orto retrostante l'abitazione. Le suore le avevano insegnato a leggere e scrivere, ma la sua grande passione era il disegno, e in particolar modo l'acquerello. In quegli anni di isolamento aveva sviluppato un suo personale mondo poetico dando vita a oggetti di uso quotidiano, come cucchiai, coltelli e forchette, e unendoli a piante, frutti e insetti dell'orto dove, nella bella stagione, passava gran parte del suo tempo.

Fino ad allora nessuno aveva mai sospettato che quella ragazza ritardata potesse coltivare in segreto un talento in grado di darle un giorno il suo momento di gloria. Le tre piú antiche famiglie del luogo non riuscivano a darsi pace per questa palese ingiustizia, e levavano gli occhi al cielo con un'espressione di rimprovero. Che Goethe avesse voluto in tal modo mettere fine alla loro interminabile disputa in maniera salomonica, ispirando cioè al loro posto una povera demente? Fatto sta che il caso di Marta Bauer riempí in breve le pagine dei giornali: le sue semplici filastrocche che narravano storie d'amore tra ortaggi e fiori, illustrate con grande perizia, le avevano valso il primo premio. Tutta Dichtersruhe ne trasse comunque vantaggio: per qualche settimana parecchi furono i cronisti di varie testate giunti sul luogo, persino dall'estero. Furono scattate parecchie foto delle tre locande in lizza. E ben presto il caso di Marta Bauer e del paese dei letterati, segnato dal fulgido passaggio di Goethe, fu di dominio pubblico.

E questa notizia non poteva sfuggire a un povero diavolo che, trovandosi da tempo disoccupato, non aspettava altro che di cimentarsi in una nuova impresa. Dichtersruhe era diventato un luogo pescoso di anime disilluse, macerate nell'attesa, dove valeva la pena affondare la rete.

E che la sua venuta coincidesse con un risveglio improvviso della rabbia silvestre non mi sembrò per nulla una coincidenza.

Oggi come allora, ho sempre creduto alle premonizioni. Non parlo di quelle legate alla superstizione popolare, del tipo: se rompi uno specchio devi aspettarti sette anni di guai, o se passi sotto una scala ti accadrà una disgrazia, e via dicendo, ma credo piuttosto a quei segnali che provengono dalla natura, inequivocabili come le piaghe d'Egitto: un'improvvisa epidemia tra il bestiame, un'inspiegabile moria di uccelli, un'invasione di insetti...

Ebbene, la rabbia silvestre esiste ed è sempre esistita. Essa, però, si mantiene entro certi limiti. Ma quando una malattia endemica ha un'improvvisa recrudescenza, quando le volpi rabide sembrano mettere sotto assedio proprio il tuo villaggio, e si aggirano di notte per le strade entrando nei cortili e raspano alla porta, e neanche a prenderle a fucilate si mettono paura, allora sí, puoi anche pensare che si tratti di una fosca premonizione, o forse di un avvertimento divino.

6.

Fu quel che accadde a Dichtersruhe la primavera seguente il mio insediamento. Le prime avvisaglie furono date da un cane che manifestò dei sintomi sospetti. L'animale era sempre stato tenuto a catena in un cortile, e quindi non poteva che essere stato aggredito sul posto. La cosa passò quasi inosservata, anche perché non vi fu una diagnosi precisa da parte di un veterinario. Ma due settimane dopo alcune volpi furono avvistate in paese, e altri animali domestici vennero contagiati. Ormai si era a maggio e mancava poco piú di un mese all'arrivo dei primi turisti. C'era quindi il pericolo che l'epidemia raggiungesse il suo culmine proprio in piena estate, e nessuno voleva prendersi la responsabilità di allarmare gli appassionati escursionisti che a Dichtersruhe venivano a frotte appositamente per fare lunghe camminate in mezzo ai boschi. Era impensabile sbarrare i sentieri e impedire loro di accedere alle zone infestate, ma non si poteva neppure lasciarli all'oscuro dei pericoli che correvano. Sí, perché non vi era piú alcun dubbio: stavolta il veterinario del luogo aveva fatto fare delle analisi di laboratorio che confermavano la presenza del virus.

Il borgomastro non si fece pregare e allertò subito i

cacciatori perché andassero a stanare le volpi e ne sterminassero la prole. Malgrado le accurate ricerche, furono trovate solo poche tane, vuote, poiché i cuccioli erano già stati portati altrove, o forse, come *extrema ratio*, divorati dalle loro stesse madri. A conti fatti, non fu avvistata neanche una volpe. Eppure, non appena calava la sera, si potevano intravedere le loro ombre passare rasente i muri. La gente si barricava in casa, e in piena notte dalla foresta giungevano i loro striduli latrati. Quali voci non uscivano da quelle fauci! Una sinfonia orrenda, insopportabile, tanto che dovevo tapparmi le orecchie per non impazzire. Ormai sentivo che i miei nervi non avrebbero retto più a lungo: riuscivo a dormire solo poche ore per notte, e durante il giorno scattavo come una molla a ogni minimo rumore...

Forse la mia potrebbe sembrarle una reazione eccessiva; mi sento perciò di spiegargliene il motivo: ci sono certe paure radicate in noi dalle quali non potremo mai liberarci. C'è chi rabbrividisce al solo pensiero di un ragno, chi sviene alla vista di un topo, o di un serpente... Ebbene, lo confesso, io ho tuttora un fisiologico terrore delle volpi, terrore che non sono mai riuscito a dominare, nonostante sia convinto di averne individuato la causa. Sono certo che questa fobia dipenda da un episodio accaduto nella mia prima infanzia. Allora mi avevano regalato un cane, un giovane setter con il quale spesso passavo intere giornate. Il suo unico difetto era quello di cedere alla sua natura venatoria, allontanandosi da casa per tornare anche dopo parecchi giorni. L'ultima volta, però, la sua assenza si protrasse per troppo tempo. Dopo una settimana di attesa, mio padre mi prese in disparte per dirmi che era inutile aspettarlo e che dovevo mettermi il cuore in pace, perché il cane di sicuro non sarebbe piú tornato. Piansi e mi disperai al pensiero che non l'avrei piú rivisto. E forse sarebbe stato meglio cosí, perché dopo qualche settimana di assenza il cane tornò. O meglio, fece ritorno quel che era rimasto di lui. Un giorno, mentre guardavo sconsolato dalla finestra, lo vidi, seduto in mezzo all'erba alta. Sembrava aspettarmi... Corsi fuori e gli andai incontro. Mi parve subito strano, però, che non reagisse in alcun modo al mio richiamo: continuava a starsene immobile nell'erba. Non si mosse neppure quando arrivai a pochi metri da lui. Vidi subito che si trovava in uno stato pietoso: piagato in tutto il corpo, ridotto a pelle e ossa. Ma quando allungai la mano per farmi riconoscere, il cane mi si avventò contro, tentando di azzannarmi, e fu solo per la sua estrema debolezza che non riuscí nell'intento. Con un balzo all'indietro feci in tempo a sottrarmi al suo attacco; la sua reazione, però, mi aveva spaventato a morte, e scoppiai a piangere. In quel momento accadde qualcosa che non avrei piú dimenticato: la povera bestia, contesa da due opposte nature in lotta, si prosternò ai miei piedi e cominciò a guaire in modo straziante, come se mi chiedesse perdono per aver tentato di farmi del male, come se volesse mettermi in guardia perché in lui la natura maligna stava per prendere il sopravvento. Non ricordo altro se non che mio padre accorse in tempo per portarmi in salvo. Fu lui a dirmi che a ridurlo in quello stato era stato il morso di una volpe. E da allora questo elegante animaletto si è trasformato nel terribile untore, portatore di rabbia, emblema stesso del male. Ha popolato i miei incubi peggiori, è diventato la mia piú radicata fobia. Fino a far vacillare la mia stessa fede. Sí, perché in quell'episodio era racchiuso il mistero della natura umana. Il male era trasmissibile? Era contagioso? A che serviva quindi perseguire il bene, quando questo poteva essere stravolto da un semplice graffio o da un filo di bava?

In quei giorni, mentre l'assedio delle volpi continuava a dilagare inarrestabile, i miei dubbi si facevano sempre piú forti. E forse non avrei retto alla tensione e sarei fuggito dal paese se il fenomeno non fosse cessato improvvisamente cosí com'era iniziato. Le volpi si ritirarono all'interno della foresta, restituendo la pace agli abitanti di Dichtersruhe. Qualcuno spiegò il fatto col cambio di luna, qualcun altro con i paternostri del parroco, o con la processione di santa Marta, patrona del luogo; o forse si poteva semplicemente pensare che la malattia avesse fatto il decorso naturale, e che dopo aver raggiunto il suo picco massimo fosse regredita spontaneamente. Venne usata, tuttavia, ogni precauzione possibile: gli animali sospetti di essere stati contagiati furono abbattuti e gettati in una grande fossa scavata in un posto fuori mano, dove vennero cosparsi di calce viva prima di essere sotterrati. I paesani erano ancora increduli, sembrava quasi un miracolo che la stagione turistica, ormai alle porte, non corresse piú il pericolo di venire compromessa.

Se il fenomeno era cessato, ciò dipendeva dal fatto che il diavolo aveva già messo piede nel territorio. Ma del suo arrivo sapevo solo io. Ora si trattava di individuarlo, compito che poteva rivelarsi per nulla facile. E poi, c'era da chiedersi in che modo avrebbe agito, quale strategia avrebbe applicato nei confronti di una pacifica comunità di valligiani dal carattere cosí retrivo e sospettoso.

7.

A pensarci bene, qual è il grimaldello capace di forzare l'animo di un aspirante scrittore che le ha tentate tutte senza risultato? Bisogna fare leva sulla sua vanità, riconoscere in lui il genio incompreso, presentarsi come un taumaturgo capace di proporre rimedi, di ridare speranze, di ricostruire illusioni... e per un aspirante scrittore chi piú di un editore compiacente possiede tutte queste qualità? Era proprio quello che ci voleva nel paese dei letterati: ci mancava solo un diavolo di editore che, venuto da chissà dove, penetrasse a Dichtersruhe come la volpe nel pollaio. Quindi, non ci fu affatto bisogno di cercarlo, perché fu lui a manifestarsi alla comunità nel modo piú smaccato che si possa immaginare. Naturalmente sapeva bene da chi cominciare: dopo essersi lavorato a fondo il borgomastro Keller, esponente del potere temporale, passò alla fase successiva, sferrando il primo attacco a quello spirituale. Chiese un incontro con il parroco del paese, incontro al quale, nella mia veste di vicario, non potevo certo mancare. Padre Cristoforo era già stato preavvertito del suo arrivo, e quella mattina appariva insolitamente eccitato. Era entrato piú volte in cucina per dare disposizioni alla perpetua, e incontrandomi per le scale mi annunciò, tutto gongo-

53

lante, che avremmo avuto la visita di un personaggio importante, che forse si sarebbe fermato a pranzo. Sul momento pensai a qualche illustre ecclesiasta che, trovandosi di passaggio, si fosse degnato di visitare la nostra piccola parrocchia montana. Non potevo ancora immaginare che di lí a poco mi sarei imbattuto nel diavolo in persona. Capii subito che era lui quando lo vidi arrivare scortato da una delegazione municipale. Non mi sarei stupito se ci fosse stata anche la fanfara. Entrarono solo lui e il borgomastro. Dopo aver salutato padre Cristoforo chinandosi nel tentativo di baciargli l'anello – gesto al quale il parroco, piacevolmente confuso, oppose solo una debole resistenza –, il diavolo si rivolse a me.

– Bernhard Fuchs, – disse tendendomi la mano, che io mi guardai bene dal toccare. Risposi facendo un mezzo inchino e con la destra premuta sul petto, come a voler nascondere una scucitura o la mancanza di un bottone.

– Editore di Lucerna, – aggiunse, con il braccio ingessato a mezz'aria, ma io restai irremovibile, finché non lo vidi ritrarre la mano, dissimulando abilmente lo scorno. Ma era bastato che pronunciasse il proprio nome, «Bernardo La Volpe», perché il mio sangue si versasse in acqua.

Difficile credere che si tratti di una coincidenza, pensai. Forse ho fatto male a non stringergli la mano, ma quel gesto cosí comune serve anche a sancire un patto – l'ultima cosa che mi sentirei di fare con il diavolo. Cosí però ho scoperto le mie carte: lui sa che io so, e questo va a suo vantaggio. Lui conosce le mie debolezze, le mie paure, sa che il suo nome – Volpe – ha

54

avuto su di me l'effetto di un pugno nello stomaco. Ma sa anche che potrei sempre opporgli uno spruzzo di acqua benedetta. Per il momento, quindi, si stabilisce una temporanea tregua.

Credo che nessuno dei presenti avesse notato la nostra intima ostilità. Il borgomastro Keller si stava letteralmente liquefacendo come una candela alla sua stessa fiamma, mentre il parroco si arrabattava per aprire una vetrina dove c'era del vin santo tenuto in serbo per le grandi occasioni. Nel frattempo, la perpetua, con le guance pomellate di rosso per l'emozione, stava cercando inutilmente uno spazio dove poter appoggiare la guantiera con i bicchierini di cristallo di Boemia. Ed ecco in lui (nel diavolo, intendo) manifestarsi quei tratti caratteristici che, a un occhio attento, lo rendono riconoscibile: tutto nella sua persona pecca di eccesso, il suo riso è sgangherato, il gesto è teatrale, i capelli ravviati all'indietro, piuttosto lunghi e untuosi, sono tinti di nero; le labbra purpuree, affilate, con i lati rivolti all'insú a mimare un sorriso perenne; gli incisivi grossi, a forma di scalpello, sono affetti da un vistoso diastema, e la voce, la voce poi, dove sembra celarsi il segreto del suo fascino, è rotonda, impostata, senza asperità, senza picchi, ma basterebbe rallentarne la frequenza con l'ausilio di un nastro magnetico per rilevare un sottofondo di sospiri e lamenti. Ormai è evidente che borgomastro e prevosto sono nelle sue grinfie, e persino la perpetua ballerebbe nuda in mezzo alla piazza, se solo lui glielo chiedesse. Davanti ai miei occhi si sta svolgendo uno spettacolo a dir poco imbarazzante, al quale, mio malgrado, sono costretto ad assistere. È inspiegabile come delle persone piú che mature – persino il borgomastro ha superato di gran lunga la settantina – si comportino come dei bambini davanti a uno stecco di zucchero filato. Soprattutto il parroco non riesce a celare l'entusiasmo per quella presenza venuta da lontano. Un editore! Che già si sta interessando al suo lavoro. – Lo vede, lo vede? – dice indicando i vari faldoni che ingombrano ormai ogni superficie. – Un lavoro che mi ha impegnato per vent'anni, – continua con un tremito nella voce. – Vedo, vedo, – risponde il diavolo prendendo in mano un fascicolo per sfogliarlo con intima voluttà. Lo scartabella, lo rimira, ci affonda il naso come per cercarvi la traccia di un misterioso aroma, e tutto questo sotto gli occhi benevolenti del parroco, che non fa una piega – proprio lui, cosí geloso dei suoi scritti – ma anzi si compiace che qualcuno ci metta le mani. Certo non si tratta di una persona comune, ma di un editore, di Lucerna per giunta. – Vedo, vedo, – continua il diavolo. – Un'opera ponderosa, tutta una vita a servizio di una comunità: un lavoro che non può restare chiuso in un cassetto, ma deve spiccare il volo –. Poi, rivolgendosi al borgomastro: – E con questo sono due, ben due lavori da consegnare alle stampe.

Ah, questa mi giunge nuova, *tu quoque*, anche tu borgomastro hai un romanzo nel cassetto! Chi l'avrebbe mai detto? Ed è proprio il borgomastro, visibilmente confuso come una mammoletta, a prendere la parola: – Nulla al confronto. La mia non è altro che una piccola raccolta di pensieri, espressi in versi, non oso neppure lontanamente chiamarli poesie, sono solo un inno alle nostre montagne.

– Via via, signor borgomastro, non sia modesto. Per la mia lunga esperienza so riconoscere dove si cela del talento.

A quelle parole il borgomastro si confonde del tutto, non sa piú che cosa dire. Cerca di cambiar discorso, e rivolgendosi al parroco, e di conseguenza anche a me:

– Mi permetto di mettervi al corrente del grandioso progetto che il qui presente dottor Bernhard Fuchs, di Lucerna, ha in mente di realizzare proprio a Dichtersruhe. Prego, continui lei, dottor Fuchs...

Il dottor Fuchs sventola in aria lo scartafaccio che tiene in mano, come fosse la bozza di un manifesto politico, e in effetti quello che sta per pronunciare è l'annuncio di una rivoluzione.

– Dichtersruhe non merita l'oblio, – comincia a dire. – Goethe, il grande poeta, al quale un mio illustre antenato ha voluto ispirare il suo grande poema, non è passato per questo borgo inutilmente. E io, come depositario del sapere umano, in quanto editore eccellentissimo, non permetterò che ciò accada. Mi prodigherò in ogni modo perché il talento venga alla luce, perché la pula venga soffiata via e resti solo il grano maturo, perché la melma sia lavata e a rilucere siano le pepite...

Ma che strano modo di parlare, penso. Da dove proviene costui? Da un'altra epoca forse, di cui l'oratoria gli sia rimasta ancora appiccicata addosso? Subito dopo mi rendo conto che l'eloquio fa parte della sua natura istrionesca: ampia gesticolazione, voce reboante, aggettivazione ricercata, sguardo attento, sempre pronto a cogliere tra la sua improvvisata platea qualsiasi segno di incredulità per poterlo stroncare sul nascere. Editore eccellentissimo... vorrei proprio vedere! Immerso nei miei pensieri, qualcosa del suo discorso mi è sfuggito, ma eccolo arrivare al punto:

– Ed è per questo nobile motivo che è mia intenzione stabilirmi in questo luogo, acciocché mi sia piú facile svolgere un lavoro di cernita e di maieutica, che si prospetta lungo e minuzioso.

Segue un interminabile silenzio. Tutti e quattro – persino la perpetua, che nessuno si è preso la briga di congedare – restiamo di fronte a lui muti e attoniti. Il primo a reagire è il parroco.

– Vuol dire, dottor Fuchs, che lei ci farebbe l'onore di stabilire nella nostra comunità una filiale della sua casa editrice?

E il diavolo annuisce. Per quanto la sua forza risieda nella parola, sa bene che al momento opportuno anche una pausa ha il suo dovuto effetto.

E in quel prolungato silenzio mi par di sentir crescere i pensieri del parroco uniti a quelli del borgomastro, inudibili come immagino siano il crescere dell'erba, o delle foglie sugli alberi.

Il parroco si schiarisce la voce, ogni entusiasmo si è smorzato all'improvviso, e la sua faccia resta appesa a mezz'aria, con quel naso che da rosso si è fatto paonazzo.

– Temo, – dice, con un tremore nella voce, – che la nostra piccola comunità non sia all'altezza di un progetto tanto ambizioso.

– Perché mai? – incalza il diavolo, visibilmente contrariato.

– Non mi fraintenda, la prego, – risponde il parroco. – Lei ci fa un grande onore a volersi stabilire nella nostra comunità, ma ci coglie impreparati, e soprattutto inadeguati. In tutto il villaggio non c'è purtroppo un solo edificio libero e agibile per poter ospitare una casa editrice... – E cosí dicendo lancia una mesta occhiata alle sue carte. Già vede svanire un sogno: i tre volumi rilegati in marocchino rosso con caratteri in oro – cosí infatti immagina le sue memorie impresse a stampa – tornano a essere un mucchio di fogli ingialliti, sparsi qua e là per lo studio. Ma ecco che a intervenire è il borgomastro.

– Tuttavia...

– Tuttavia? – gli fa eco il parroco, con un filo di speranza.

– Ci sarebbe il vecchio mulino.

– Ma è inabitabile.

– Da tre anni è pronto in comune il progetto per il suo restauro. Mi basterebbe indire una riunione di consiglio straordinaria per accelerare la pratica.

– Ma ci vorrà comunque del tempo.

– Meno di quanto si creda. E poi, un altro progetto in giacenza riguarda l'ex convento delle Orsoline. Se finora non è stato ancora dato il via ai lavori è solo per il fatto che non sapevamo ancora quale destinazione assegnargli. Ma ora non ci sono dubbi, a quelle storiche mura uso migliore non si potrebbe dare.

– Ma certo, – esclama il parroco, – come ho fatto a non pensarci! – All'improvviso si è ringalluzzito, e il suo naso è tornato a farsi rosso come un fanale. Permane in lui tuttavia la traccia di un dubbio.

– Ci vorrà però del tempo per ripristinare lo stabile, mentre immagino che il dottor Fuchs abbia bisogno di una sistemazione immediata per poter iniziare il suo lavoro di cernita.

– Già, – conferma il borgomastro. – Per dare inizio ai lavori e portarli a termine ci vorranno almeno sei mesi, ma nel frattempo potremmo mettere a disposizione alcuni locali della nostra sede comunale, che è adibita per il momento ad archivio. Si tratterebbe di due stanze. Potrebbero bastare, dottor Fuchs?

Il dottor Fuchs, il diavolo in persona, ritiene che per il momento potrebbero bastare per raccogliere e archiviare il materiale da esaminare. Tuttavia dall'espressione della faccia non sembra del tutto soddisfatto. Basteranno però pochi minuti perché venga sistemata ogni cosa.

Ancora oggi, a pensarci, non riesco a capacitarmi di come la trattativa si fosse svolta a totale vantaggio del diavolo. Fui costretto ad assistere impotente a un diabolico raggiro. Proprio loro, il parroco e il borgomastro, che sempre avevano difeso Dichtersruhe da ogni intrusione di forestieri in vena di stabilirvisi, proprio loro avrebbero steso il tappeto rosso a questo sconosciuto, solo con la vaga speranza di veder pubblicati i loro scritti. Chapeau!

Il risultato di quell'incontro fu che il borgomastro gli avrebbe ceduto i due ampi locali dell'edificio comunale, arredati di tutto punto, e per la sua sistemazione personale, il parroco, in un impeto di generosità, si offrí di mettere a disposizione, per una somma simbolica, una casa di sua proprietà, che tutti gli anni affittava per il periodo estivo a una famiglia berlinese.

Durante l'incontro non avevo detto una parola e solo alla fine mi fu chiesto di esprimere la mia opinione. Che cosa non avrei fatto o detto in quel momento per svegliarli dall'incantesimo, ma ciò che mi uscí di bocca fu solo un commento laconico. – Magnifico, – dissi. Poi aggiunsi anche dell'altro, ma avrei fatto meglio a cucirmi la bocca.

– E perché non istituire anche un premio letterario?

Non l'avessi mai detto! La mia voleva essere solo una battuta ironica, e invece fu accolta con grande entusiasmo.

– Un premio letterario intitolato a Goethe. Splendida idea! – esclamò il parroco.

E cosí, senza volerlo, anch'io avevo dato il mio contributo all'ignobile farsa.

Al momento del congedo, il diavolo, alias Bernhard Fuchs, mi appuntò addosso quegli occhi di un giallo torbido in cui sembravano contrastare furbizia e deferenza, e con un ghigno vagamente canzonatorio mi interpellò:

– Forse anche lei, padre Cornelius, ha scritto il suo romanzo. Non esiti a tirarlo fuori dal cassetto.

– Non credo di averne.

– Ne è proprio sicuro, sicuro, sicuro?

– Assolutamente certo.

– Non si sa mai che non ci sia qualcosa che lei ha dimenticato. Chissà, forse delle lettere. O qualche diario segreto...

Sul momento non diedi molto peso alle sue parole, ma queste si sarebbero ripresentate nella mia mente piú tardi.

Il diavolo si accomiatò con la promessa di tornare al piú presto, dandoci il tempo di sistemare le cose. Salí su una vetusta Daimler, con tanto di autista, e lasciò il paese.

8.

Dopo la sua partenza, con il parroco e il borgomastro ci riunimmo parecchie volte per discutere i dettagli di questa... follia, ché in altro modo non si poteva definire. Tentai di indurli a riflettere su quanto stavano per fare. Qualcuno forse si ricordava il nome della casa editrice? Avevamo un indirizzo a cui rivolgerci? Un appiglio per poter indagare piú a fondo sull'attendibilità del personaggio? Ma non c'era verso di farli ragionare. Credo che neanche ricordassero i connotati di quell'individuo. D'altronde, se avessi dovuto darne una descrizione mi sarei trovato in difficoltà persino io che l'avevo osservato attentamente. Nella memoria la sua figura si frammentava in tanti particolari vistosi, come vistosa era la sua corpulenza, o il suono della sua voce impostata, da attore consumato; su questo eravamo tutti d'accordo, ma qualcuno si era forse accorto della sua zoppia, la quale faceva pensare che avesse una gamba artificiale, e quei capelli di un nero corvino non assomigliavano a una parrucca?

Fallí ogni tentativo da parte mia di indurli a usare maggior cautela nel dare completa fiducia a un individuo di cui non si conosceva nulla. Chissà come avrebbero reagito sapendo di aver appena stilato un contratto con il diavolo in persona.

Senza darmi ascolto, il borgomastro convocò subito una riunione di consiglio, e nel giro di pochi giorni i due locali posti al primo piano del palazzetto comunale furono sgomberati, e le centinaia di faldoni dell'archivio trovarono una sistemazione nell'interrato. Le pareti furono ridipinte, i pavimenti di marmo lucidati a specchio, e gli spazi arredati con cassettiere a ribalta e massicce scrivanie in noce. Non solo, ma il borgomastro insistette perché si istituisse da subito il premio letterario. Su come nominarlo non vi furono dubbi, ma si accesero invece parecchie discussioni su quelli che dovevano essere i limiti da imporre al concorso: non si voleva, infatti, coinvolgere l'intero territorio nazionale. Alla fine si decise che il premio Goethe sarebbe stato valido solo per gli scrittori residenti nel nostro cantone. Il bando fu stampato al piú presto, con una data di scadenza piuttosto stretta, dando cosí la possibilità ai letterati di Dichtersruhe di poter presentare nei termini prescritti i loro elaborati, e cercando al contempo di tagliare fuori tutti gli altri. La xenofobia funzionava ancora, fuorché per il diavolo, s'intende.

Nei giorni che seguirono, a causa anche del maltempo, restai chiuso in casa. Il Föhn, il micidiale vento caldo, spazzò per due giorni la vallata, deprimendo gli animi e istigandoli al suicidio.

In quel periodo di solitudine mi tornò in mente l'allusione malevola che mi era stata fatta dal dottor Volpone in merito a un presunto diario che tenevo nel fondo di un cassetto, e che forse avevo dimenticato. Che il diavolo sapesse qualcosa di preciso sul mio conto, o forse aveva colto fortuitamente nel segno? Era proprio a causa di un diario, infatti, che mi trovavo al confino: un taccuino ritrovato nella stanza di un giovane seminarista, mio allievo, che era morto in circostanze misteriose. Stefan si chiamava. Vero è che ero diventato il padre spirituale di quel ragazzo che, rimasto solo al mondo, si era affezionato a me in maniera morbosa, ma io avevo sempre mantenuto le debite distanze pensando soltanto al bene della sua anima. Altrettanto vero è che la sua morte era avvenuta subito dopo un'accesa discussione sulla fede, e che in quella circostanza egli aveva manifestato la volontà di togliersi da questo mondo: parole a cui non avevo dato peso eccessivo. La tragedia era avvenuta durante un'escursione in montagna, lungo un percorso facile e scevro di grandi pericoli. Eravamo partiti la mattina presto per raggiungere un rifugio in alta quota, ma a metà strada, visto l'approssimarsi di un temporale, la nostra guida aveva deciso di tornare indietro. Solo al rientro ci accorgemmo della sua assenza, era già buio e non eravamo attrezzati per metterci alla sua ricerca. Speravamo che Stefan fosse stato in grado di ritrovare la strada da solo. Per quanto fossimo in piena estate, la temperatura notturna scendeva di molto, ma ci confortava sapere che nel suo zaino c'era anche un sacco a pelo, sufficiente per proteggersi dal gelo. Le ricerche cominciarono il giorno dopo alle prime luci, e proseguirono senza esito fino a sera. E cosí il giorno successivo la zona fu battuta palmo a palmo, anche con l'ausilio dei cani del soccorso alpino. Le speranze che fosse ancora in vita diminuivano sempre piú. Infine il suo corpo fu ritrovato in fondo a un orrido. Quando mi fu chiesto di identificarlo, per poco non persi i sensi: l'intera parte destra di quel bel volto che conoscevo era stata dilaniata, scarnificata dalle volpi, dalle maledette volpi. Tutto lasciò pensare che si fosse trattato di un tragico incidente: Stefan, senza accorgersi che il gruppo stava rientrando, aveva proseguito lungo il sentiero, finché non era stato colto dalla tempesta in arrivo. Sarebbe stata la versione piú plausibile se nella sua stanza non fosse stato trovato un diario in cui esprimeva tutti i suoi tormenti spirituali. E il fatto che in quelle pagine si trovasse anche il mio nome dette inizio a una serie di sospetti e maldicenze nei miei confronti. Maldicenze che non accennarono a diminuire, ma che continuarono a essere fomentate da chi voleva soffiarmi l'ambita cattedra di filosofia. Cominciò a spargersi il sospetto di chissà quali turpi rapporti intercorsi tra me e il mio allievo, e già qualcuno insinuava che sarei stato io a spingerlo al suicidio. Finché il vescovo per tacitare lo scandalo non mi assegnò come vicario alla parrocchia di Dichtersruhe. Ovviamente, tutto fu messo a tacere, la morte del giovane seminarista fu attribuita a una disgrazia; il diario con il suo contenuto restò secretato nelle mani del vescovo, e dopo la mia dipartita tutto tornò alla normalità. L'allusione fatta, quindi, non poteva che essere frutto di una diabolica intuizione. E tuttavia si era rivelata una frecciata alla mia coscienza. La tattica del diavolo consisteva proprio in questo: sparare a casaccio finché non si colpiva la cattiva coscienza di qualcuno. E la mia di coscienza non era del tutto tranquilla. Quel volto dilaniato dalle volpi continuava ad apparirmi in sogno. Vedevo il suo corpo precipitare annaspando nell'aria in un vano movimento natatorio. Non mi davo pace, infatti, per non aver capito la gravità della situazione in cui si trovava il mio pupillo, e di averlo lasciato in preda ai suoi dubbi e alle sue paure nel momento in cui piú aveva bisogno di me. Ma questo lo sapevo solo io.

Due giorni durò questo stato di isolamento, finché una sera il parroco non mi invitò a cenare assieme a lui. Il pensiero di dover passare tutta la serata con quel vecchio noioso non mi avrebbe allettato se non fosse stato per il fatto che era una buona opportunità per tentare di metterlo sull'avviso. Lo trovai insolitamente allegro e ben disposto nei miei confronti, e anche la cena preparata dalla perpetua risultò eccellente. Per l'occasione il parroco sturò una bottiglia di vino pregiato, Château de Praz, scelto dalla sua cantina ben rifornita, e a fine pasto si accese un sigaro. Mi portò nel suo studio, rimesso in ordine, e mi fece vedere tutti i suoi scritti riordinati e raccolti in varie cartelle con tanto di data. Pensai che fosse il momento giusto per instillargli qualche dubbio sulla figura del dottor Fuchs; cercai di prendere l'argomento un po' alla larga e gli chiesi che cosa ne pensasse di questo strano fenomeno delle volpi che si erano spinte fino all'interno del paese.

– È un fenomeno naturale, – disse, un po' accigliato. – Come vede, la minaccia è stata debellata.

– Direi piuttosto che si è arrestato spontaneamente. Non lo trova strano?

– Ad allontanarle sono state certo le nostre preghiere.

– Lei ricorda in passato che si sia verificato un fenomeno simile?

66

– No, per quanto mi sostiene la memoria, non abbiamo mai avuto qualcosa di simile.

– E se la loro presenza fosse stato un intervento divino, una sorta di avvertimento?

Il parroco lasciò cadere a terra la cenere del suo sigaro. Mi rivolse uno sguardo sbigottito.

– Avvertimento di che cosa?

– Dell'approssimarsi di una sciagura sul nostro villaggio.

– A quale sciagura si riferisce?

– Non le sembra strano che subito dopo sia arrivato in paese quel singolare individuo?

– Di chi sta parlando?

– Del dottor Fuchs.

– E secondo lei il dottor Fuchs sarebbe un portatore del male?

Il parroco si lasciò andare senza ritegno a una risata che sfociò in una serie di colpi di tosse catarrosa. Dopo essersi ripreso, gettò il sigaro nel caminetto.

– Mio buon Cornelius, lei sta vaneggiando. Non si rende conto invece della fortuna che abbiamo avuto. Quando mai un grande editore ha avuto la bontà di interessarsi personalmente a noi? Quanto alle volpi e all'idrofobia, le dimentichi, altrimenti non farà che fomentare la superstizione.

La nostra conversazione finí lí. Il parroco, tuttavia, mi aveva invitato a cena per assegnarmi un compito che esulava dalle solite mansioni pastorali. Avrei dovuto dare una prima occhiata ai manoscritti, che già cominciavano ad arrivare copiosi alla sede municipale. Si trattava di fare una prima selezione, accompagnandola magari con un breve commento: un lavoro di scrematura facile facile. – In fondo, – disse, – lei è stato per lungo tempo un insegnante al seminario, ed è sicuramente preparato a un simile compito. Immagini che siano dei temi scritti dai suoi allievi.

Questa sua allusione al seminario e ai *miei allievi* non mi piacque affatto. Ma forse stavo diventando paranoico.

La mattina dopo il messo comunale mi portò in canonica una dozzina di manoscritti – quanti ne poteva tenere sotto braccio. Li misi in bella mostra sulla mia scrivania, suddividendoli secondo lo spessore. Avrei cominciato naturalmente da quelli piú smilzi. Già la grafia poteva darmi una prima impressione sull'autore. Per gran parte erano scritti a mano, alcuni in stampatello, e solo pochi battuti a macchina, con qualche vecchia Olivetti dai caratteri ingrommati. Mi sarei aspettato dei lavori di fantasia e invece mi trovavo di fronte a fatti concreti, con tanto di nomi, di date. Quanto al giudizio, seppure sommario, che avrei dovuto esprimere, dovevo valutarlo di volta in volta in modo opportuno, ma sapevo di dover agire con prudenza. Nello scorrere quelle pagine capii subito di avere in mano ciò che fino ad allora mi era stato negato, e cioè la possibilità di scrutare piú a fondo nell'animo dei miei parrocchiani. Non ci si poteva aspettare molto da persone che erano nate e vissute in quel lacerto di terra fermo a margine della storia. Gran parte di quei racconti si riferiva a vicende familiari narrate con grande sincerità, a volte con eccessivo candore. Era singolare il fatto che persone chiuse e reticenti anche di fronte al proprio confessore fossero disposte a divulgare i loro segreti, a patto di vederli impressi in caratteri a stampa. Tanti erano gli scheletri che uscivano dagli armadi, da potersi prendere per mano ed esibirsi in una dinoccolata *danse macabre*. Se da principio avevo accettato di malavoglia questa incombenza, adesso la cosa cominciava a farsi interessante.

Il giorno seguente il messo mi portò altrettanti manoscritti, e poi ancora altri e altri ancora. Ormai ero completamente assorbito da un impegno che diventava sempre piú oneroso. Mi alzavo presto la mattina e a notte fonda andavo a letto con gli occhi che mi bruciavano. Facevo strani sogni, dovuti alle innumerevoli storie che avevo letto. Grotteschi personaggi si avvicendavano davanti ai miei occhi. Dichtersruhe in sogno diventava un grande palcoscenico illuminato dai falò, e sulla pedana ad uno ad uno salivano gli attori per recitare la loro parte, mentre tutt'attorno, dal buio della foresta al riflesso del fuoco, lampeggiavano gli occhi delle volpi che restavano in agguato. Una notte sognai che stavo viaggiando in treno. Ero seduto accanto al finestrino e il mio sguardo si perdeva su una distesa innevata, ma non tardai a scoprire che non era neve quella che vedevo, bensí carta straccia: erano montagne di pagine, di fogli, di manoscritti sfasciati, di pagine strappate che ricoprivano ogni lembo di terra. E su questa superficie biancastra, di fianco al convoglio, correva una volpe, perdendo sfilacci di bava dalle fauci dischiuse. Mi svegliai di scatto e mi ritrovai tremante, seduto sul letto, mentre da fuori mi giungeva, chiaro come se risuonasse nella stanza, il guaiolare delle volpi. Chi non l'ha mai sentito non può capire: nessun altro verso animale imita cosí da vicino l'urlo umano.

Erano le tre di notte e di sicuro gli abitanti del villaggio dovevano essere già in allarme, ma mi bastò affacciarmi alla finestra per rendermi conto che in tutto il paese non si era acceso neanche un lume. In quel momento un pensiero terrificante mi passò per la mente: era possibile che a sentire quelle voci fossi solo io? Che risuonassero solo nella mia testa, come un messaggio diretto solo a me, e che volessero dire: «Sto tornando, aspettami!»

9.

Puntualmente, il giorno dopo, il diavolo fece ritorno a Dichtersruhe, a bordo della sua berlina. Quella Daimler nera dai vetri oscurati era il suo abituale mezzo di locomozione. Dove sostasse nessuno lo sapeva; cosí come nessuno sapeva spiegare in che modo fosse sempre pronta all'occorrenza, quasi che tra il diavolo e il suo autista ci fosse un legame telepatico. Ma di sicuro nella casa affittatagli dal parroco ci sarà stato pure un telefono, il che spazzava via ogni ipotesi fantasiosa.

Accolto dalla delegazione comunale, per prima cosa fu condotto a visitare i locali, blandito e riverito dal borgomastro che lo seguiva come un cagnolino. Quest'ultimo volle inaugurare la nuova sede con la cerimonia del taglio del nastro e un breve discorso. Eccezionalmente, era presente anche il parroco, che avrebbe dovuto impartire la benedizione. Ma i riti liturgici non erano di gradimento al diavolo, che con un'abile mossa evitò l'intromissione divina; né il parroco ebbe il coraggio di insistere, poiché l'editore aveva già preso la parola e ci informava che un'importante banca avrebbe sovvenzionato il premio con la somma di ben diecimila franchi. A questa notizia seguí un mormorio di meraviglia, e addirittura un applauso. Di fronte al denaro tutto passava in secondo piano. Il dottor Fuchs si ritenne soddisfatto, chiese solo che venissero applicati dei tendaggi alle finestre, poiché soffriva di ipersensibilità alla luce. Da lí raggiungemmo la casa messa a disposizione a suo uso privato. Il parroco lo accompagnò a visitare gli interni. Mentre saliva le scale per raggiungere il piano superiore, mi accorsi che aveva qualche difficoltà a piegare la gamba sinistra, affetta visibilmente da un'insolita rigidità. Ebbi la conferma cosí che si trattava di un arto artificiale. Dopo aver ispezionato le stanze, con la scusa che doveva trovare una sistemazione per un mobile a cui era particolarmente affezionato, *le diable boiteux* chiese di poter togliere da una parete tutta una collezione di minuscole acquasantiere. E poiché l'abitazione non distava molto dalla chiesa, per ultimo ottenne dal parroco la promessa di ridurre al minimo indispensabile l'uso delle campane, perché, a sentire lui, soffriva di una particolare malformazione al timpano, che gli rendeva insopportabilmente dolorosi certi suoni acuti. Qualsiasi cosa gli avesse chiesto – persino di abbattere la chiesa dall'oggi al domani – il parroco avrebbe acconsentito di buon grado.

Il dottor Bernhard Fuchs si insediò nella casa che il parroco gli aveva messo a disposizione e ben presto cominciò a farsi vedere in giro per il paese, seguito da sguardi di ammirazione e curiosità. La mattina lo si poteva incontrare mentre passeggiava per strada o al caffè Oetker, che era diventato in breve il suo quartier generale. Era sempre attorniato da frotte di ammiratori che lo accompagnavano dappertutto. A biliardo era un maestro, e anche a Jass, ma guai al malcapitato compagno di gioco che non si dimostrava alla sua altezza. A volte pranzava alla Pension Müller, altre volte cenava dai Webern, piú raramente dai Meyer, di cui non apprezzava in particolar modo la cucina. Dovunque andasse, sembrava godere di un credito illimitato. Non appena metteva piede in un locale, trovava sempre qualcuno pronto a estrarre il portafogli in vece sua. L'editore in cambio elargiva a piene mani dei sigari Maria Mancini, confezionati – a sentire lui – appositamente per promuovere l'imminente pubblicazione della *Montagna incantata*. Con queste premesse, rapidissima fu la sua ascesa sociale: la Cassa rurale glí aprí un fido illimitato, e il Lions club lo accolse come socio onorario.

Preso possesso degli uffici messi a disposizione nel palazzo comunale, per prima cosa volle sapere quanti erano gli elaborati pervenuti fino ad allora e pretese di avere la lista completa dei partecipanti. Il messo comunale venne a ritirare i manoscritti che avevo passato al vaglio, portandomene in cambio degli altri.

– Il dottor Fuchs gradirebbe avere delle schede dettagliate sul contenuto, – disse l'impiegato nel consegnarmeli.

Che incredibile faccia tosta!

– Ah, davvero? Gli dica pure che le sue schede se le scriva da solo.

La situazione era paradossale: seppure indirettamente, stavo lavorando per il diavolo. Già stava sfruttando questa sua posizione di preminenza, impartendo ordini, in modo da rafforzarsi nella misura in cui io mi indebolivo. Gli altri erano ormai dei burattini nelle sue mani, mentre io ero l'ultimo ostacolo da abbattere per avere mano libera su tutta Dichtersruhe, perciò – lo sapevo bene – era pronto ad agire con la massima determinazione. Ciò che piú mi spaventava era il fatto che in tutto il paese non ci fosse una sola persona disposta a darmi manforte. A giudicare dalla riverenza con cui era accolto, avevo ormai accantonato la possibilità di trovare un alleato. Tutti stravedevano per lui, e alla sua porta non c'era giorno che non arrivassero ceste di verdura fresca, salumi, formaggi e casse di birra. L'unico in grado di aiutarmi era il parroco, uomo di chiesa e di esperienza, il quale però aveva già chiarito la propria posizione, prendendo le sue difese e vietandomi di diffamare quello che lui considerava essere un benefattore. Era chiaro che ogni ulteriore tentativo di metterlo sull'avviso avrebbe compromesso ancor piú la mia posizione. Sobillato a dovere, ai suoi occhi ero ormai uno squilibrato. E la conferma la ebbi una sera che il parroco aveva invitato il diavolo a cena.

I muri della canonica erano piuttosto spessi e non lasciavano trapelare alcun rumore. C'era, però, un punto del cortile interno che si trovava proprio sotto il tinello del parroco, e poiché la serata era piuttosto calda, da lí si potevano udire le loro voci provenire da una finestra che era rimasta aperta.

Non mi vergogno a dire che mi appostai furtivamente per poter origliare. Dapprima sentii solo delle fragorose risate emesse dal diavolo, poi cominciai a sentirne la voce. Sembrava che a parlare fosse solo lui; dal punto in cui mi trovavo lo udivo benissimo, anche se avevo qualche difficoltà a comprendere il senso delle frasi. A un tratto ebbi la sensazione che parlasse di me. Parole come seminario, disgrazia, suicidio... non potevano che riferirsi alla mia persona e alla tragedia che pesava ancora sulla mia coscienza. La sua voce andava e veniva, segno che stava camminando su e giú per la stanza. Le parole si fecero piú comprensibili solo quando si avvicinò al balcone, sporgendosi per guardare di sotto. Mi appiattii al muro per non essere scorto. – Potrebbe diventare un pericolo per la comunità, – disse, – dovrebbe essere allontanato e sottoposto a cure psichiatriche.

Pronunciò quella frase ad alta voce, come se sapesse che ero in grado di sentirlo. Chiuse poi i vetri della finestra, e di quella conversazione non riuscii a carpire altro.

Intanto a Dichtersruhe l'evento del premio Goethe era sulla bocca di tutti. Non si parlava d'altro. Diecimila franchi svizzeri erano una bella somma. Di solito, uno scrittore si accontenta di una targa in similoro e del plauso di una sparuta platea. Ma quando alla gloria si associa il denaro... Erano bastati pochi giorni che già tutti in paese lo sapevano. Il premio Goethe diventava il piú ambito di tutta la Svizzera: non solo c'era un bel gruzzolo da mettere in tasca, ma anche la promessa di veder pubblicato il proprio libro nella collana piú prestigiosa, quella riservata ai grandi della letteratura in lingua tedesca.

Ma esisteva davvero questa prestigiosa collana? Esisteva davvero la casa editrice? Mi chiedevo se qualcuno si fosse mai preso la briga di informarsi, ma evidentemente nessuno lo aveva ritenuto necessario.

Senza rendersene conto, gli abitanti di Dichtersruhe stavano perdendo la testa. Venuti a sapere che mi occupavo della prima lettura dei manoscritti pervenuti, cominciarono ad assediarmi. Mi fermavano per strada o si presentavano alla porta con qualche scusa per poter influenzare le mie scelte a favore del figlio, del fratello, del parente... Mai come in quel periodo la chiesa era stata illuminata da tanti ceri, mai prima di allora le cassette per le offerte traboccanti di monete d'argento. Persino nel segreto del confessionale ci provavano. Non arrivavano subito alla questione, ma ci giravano attorno come a un piatto di zuppa bollente. C'era sempre chi intercedeva per qualcun altro, e di mezzo ci andava sempre la salvezza dell'anima, la conversione, il ravvedimento. Come se la grande letteratura fosse opera di persone pie, motivate da buoni sentimenti. Tutt'altro. La gente, però, spesso confonde il talento letterario con l'integrità morale. È portata a misurare la propria esistenza con il metro della letteratura più banale, quella in cui si esaltano i valori positivi, dove ogni cosa si risolve per il bene collettivo, in cui i malvagi perdono e i buoni trionfano. Ma se tutto fosse così semplice non starei qui a raccontare questa storia.

Vane le mie speranze. Di tutto ciò che avevo letto fino a quel momento, in quel profluvio di pagine inutili e ridondanti non c'era nulla, a mio avviso, che fosse meritevole di menzione. Nel congedarli, avrei dovuto assegnare loro una penitenza, scritta in calce all'ultima pagina. Strappa ad una ad una tutte le pagine del tuo manoscritto – avrei dovuto dirgli –, riscrivilo per dieci volte, elimina almeno una dozzina di aggettivi per ogni pagina, prendi il tuo scartafaccio e gettalo sul fuoco. E quale penitenza avrei dovuto assegnare ai sedicenti poeti i quali erano convinti che per realizzare un verso bastasse andare accapo? Durante le lunghe ore dedicate alla prima scrematura dei manoscritti, mi era sembrato quasi di aver scoperto un principio fondamentale che poteva essere applicato a tutte le arti, e alla letteratura in particolare, il quale poteva essere formulato nel modo seguente: *Piú alto è il numero delle persone che si dedicano alla stessa attività creativa, tanto piú questa decade.* O forse, invertendo i termini dell'enunciato: *Quanto piú un'arte decade, tanto maggiore è il numero delle persone che vi si dedicano.* Ma questo è un segno dei nostri tempi. Ormai la grande letteratura finisce per misurarsi con il chiacchiericcio da strada, le voci piú pure vengono sommerse come il canto di un bambino in mezzo al frastuono di un mercato rionale. La causa di tutto questo è la paura dell'indifferenza. Guai a essere giudicati indegni dell'attenzione altrui. Meglio essere accusati, calunniati, derisi, piuttosto che ignorati. Che cosa induce la gente a scrivere, se non questo vago timore di non aver fatto abbastanza per garantirsi un seguito di vita? Per questo bisogna mostrarsi, far circolare il proprio nome, la propria immagine, riflettersi negli occhi degli altri e, da lí, imprimersi indelebilmente sulla lastra metafisica dell'universo, facilitando cosí l'Onnipotente nel rimettere a posto i pezzi del meccano nel giorno della resurrezione. L'umanità intera coltiva questa folle speranza. E la parola è il mezzo ideale. Se all'inizio della creazione esisteva il verbo, non è possibile che il mondo e la vita siano stati creati al solo scopo di poterli raccontare?

10.

Su Dichtersruhe continuava a incombere una nuvola nera, nera come l'inchiostro versato su centinaia, migliaia di pagine che nessuno avrebbe mai letto. Per quanto continuassi nel mio lavoro di cernita, il compito si presentava sempre piú gravoso. E facendo i debiti calcoli non mi sarebbe bastato un anno per poter esaminare a fondo tutti quegli elaborati. Ne parlai con il borgomastro il quale mi prospettò un altro problema: quello di poter istituire una giuria neutrale, trovare cioè delle persone che fossero del tutto estranee al concorso. Ma tenendo conto dei fitti legami parentali tra gli abitanti di Dichtersruhe, a darmi una mano restava solo il borgomastro Keller, che era scapolo, e pur avendo il suo libro nel cassetto non poteva partecipare al concorso; e per ultimo, il consigliere cantonale Linz che in paese era uno dei pochi a non avere le dita macchiate di inchiostro. Ma anche cosí, il problema era risolto solo a metà: per smaltire in tempo utile tutto quel materiale ci sarebbe voluta almeno una dozzina di persone capaci e volonterose.

La prospettiva di dover rimandare tutto all'anno successivo avrebbe scontentato parecchi. C'era inoltre il rischio che, trascorso un anno, la banca che sosteneva finanziariamente il premio non fosse piú dell'avviso di elargire una somma cosí cospicua, e potesse dimezzarla, o addirittura cancellarla dal bilancio.

Il borgomastro convocò una riunione straordinaria nella sala consiliare del municipio, alla quale partecipò naturalmente anche il dottor Fuchs. La conclusione fu che il premio non poteva essere rimandato, che la notizia era stata già diramata alla stampa, e cosí pure il bando di concorso che si trovava in bella vista nella bacheca di tutti i comuni del cantone. Non fu una riunione tranquilla, ciascuno propose la propria soluzione che andò inevitabilmente a cozzare con quella degli altri. C'era chi proponeva di leggere solo quei lavori che erano stati inoltrati per primi – il timbro di ricevuta ne attestava la data. Altri suggerivano di scegliere solo gli elaborati piú brevi, di escludere i memoriali, o ancora, perché non prendere in considerazione solo le raccolte di poesia?

Per ultimo, la parola spettava al diavolo.

– Nella mia lunga esperienza di editore, – disse, con la solita prosopopea, – sono passati sulla mia scrivania migliaia di manoscritti. Goethe soleva dire che per giudicare la bontà di un libro non gli serviva neppure aprirlo: gli bastava solo annusarlo. Io non sono arrivato a tanto, ma posso assicurarvi che mi basta leggere una ventina di pagine, a volte anche meno, per capire di che pasta è fatto. Suggerisco pertanto al nostro vicario e ai suoi collaboratori di adottare questa tecnica. Inoltre per dare una mano a lui, e ad altri che volessero accollarsi questo compito, farò venire una persona esperta in questo campo, affinché possa coordinare il lavoro.

Alla fine della seduta si arrivò a un compromesso: sarebbero stati presi in esame solo i lavori ben leggibili, possibilmente battuti a macchina – anche se questo privilegiava la classe piú abbiente. Inoltre erano da scartare tutti quelli che sin dalle prime pagine rivelassero una scarsa padronanza della lingua, o presentassero errori di sintassi e ortografia. Si formò cosí quella sera stessa un comitato di lettura al quale, oltre al borgomastro e al consigliere cantonale Linz, si aggiunsero anche l'archivista e la segretaria, entrambi esclusi dal concorso. Concordammo che tutti i manoscritti rifiutati sarebbero stati restituiti, con una lettera di accompagnamento, la quale in ogni caso doveva essere bonaria e incoraggiante.

Sciolta la seduta straordinaria, com'era abitudine, ci recammo tutti al caffè Oetker per chiudere degnamente la serata con un boccale di birra. Nel disporci attorno al tavolo, io e il diavolo venimmo a trovarci l'uno di fronte all'altro. Non lo vedevo cosí da vicino dal nostro primo incontro nello studio del parroco. Mi sembrò che fosse estremamente ingrassato, il suo gilet di raso era sul punto di scoppiare. Di sicuro si pasceva di anime, ma era innegabile che fosse anche un gran crapulone. Lo vedevo a disagio, non so se per la mia persona o per il crocefisso che portavo al petto. Fatto sta che quello mi sembrò il momento per affrontarlo a viso aperto.

– Dottor Fuchs, – dissi, con tono deciso, – quando avremo l'opportunità di vedere almeno un esemplare della sua prestigiosa collana? Gradiremmo conoscere perlomeno un titolo, o semmai ci basterebbe che lei ci dicesse il nome di siffatta casa editrice di Lucerna.

Per tutta risposta, egli esibí la sua dentatura che ricordava la merlatura di un torrione:

– Tutto a tempo debito, mio buon padre Cornelius, – disse con voce flautata, – non è il momento, qui e adesso, di tediarvi con complicate questioni amministrative e finanziarie.

Con quella frase sembrò avermi messo a tacere, ma quando meno me l'aspettavo lo stesso borgomastro mi dette manforte.

– Sarebbe bello, – intervenne timidamente, – avere almeno un'idea di come si presenteranno i libri che lei andrà a pubblicare –. Ed ecco che a incalzarlo sull'altro versante si fece avanti il consigliere cantonale Linz, che era il direttore della Cassa rurale.

– Per quel che riguarda la somma di diecimila franchi, forse sarebbe opportuno versarla su un conto aperto a nome del premio Goethe, non le sembra?

A quelle parole il dottor Fuchs si agitò sulla sedia facendone scricchiolare la struttura. Era una mia impressione o davvero in quei pochi istanti gli era spuntato un bitorzolo sul naso?

– La casa editrice che rappresento ha pubblicato tutti i classici tedeschi, compreso Goethe, naturalmente. Ma solo di recente ha deciso di rivolgere l'attenzione alla letteratura contemporanea. I nostri disegnatori stanno ancora elaborando un'accattivante copertina in stile moderno, e non appena sarà pronta, sarete i primi a vederla. Quanto al contributo, per il momento dobbiamo accontentarci di una promessa, fattami tuttavia da persona degna di fede. Non appena mi arriverà l'assegno sarà mia premura versarlo nella sua banca.

A sentirlo parlare di promesse mi scappò una risatina grassa, che ottenne un effetto del tutto inaspettato. Forse in quel momento il diavolo voleva fingere di non averla neppure sentita e, per darsi un contegno, si appoggiò con tutta la sua mole sullo schienale inclinando la sedia all'indietro. Per quanto fosse robusta, questa non resse e si sfasciò di colpo sotto il suo peso. Il corpo s'inarcò come quello di un cetaceo arpionato e, nel vano tentativo di salvarsi, il diavolo si aggrappò alla tovaglia trascinando con sé tutta una batteria di pentole, piatti e bicchieri.

Niente come una rovinosa caduta ha il potere di suscitare l'ilarità di chi assiste all'incidente: per quanto il malcapitato possa aver subito danni anche gravi, il riso è irrefrenabile e contagioso. In suo soccorso si precipitarono alcuni avventori, il cameriere e il padrone del locale, i quali fecero una fatica immane per rimetterlo in piedi, non prima di averlo liberato dalla morsa dei braccioli che si erano attanagliati al suo deretano come chele di un granchio. Nulla di rotto, una stanghetta degli occhiali si era piegata, la giacca presentava sulla schiena una scucitura verticale, ma per il resto sembrava tutto a posto. Per i danni arrecati non c'era da preoccuparsi, così gli assicurò il titolare accompagnandolo verso l'uscita, mentre il cameriere, con una spazzola rimediata chissà dove, continuava a strigliargli la schiena come un garzone di barbiere.

Una volta che si fu chiusa la porta alle sue spalle, tutto il locale sembrò galleggiare in un silenzio irreale. Solo il tintinnio di cocci e di frammenti di vetro che una sguattera stava raccogliendo dal pavimento si udiva nitidamente. Anche al nostro tavolo nessuno osava parlare. Finché il consigliere cantonale Linz non prese la parola.

– Speriamo che questo incidente non abbia delle ripercussioni sul premio.

In fondo, il consigliere cantonale non aveva torto. Il diavolo non sopporta che si rida di lui, questo era il suo punto debole. Di sicuro si sarebbe vendicato. Già quella notte stessa, mentre rientravo, ebbi la sensazione che qualcuno mi seguisse. Non ci feci caso, ma quando arrivai nei pressi della canonica, nella bolla di luce di un lampione, vidi chiaramente la sagoma di una volpe che mi attraversava la strada.

II.

Come già ci era stato preannunciato, a scompiglia-
re una situazione già di per sé ingarbugliata, qualche
giorno dopo arrivò direttamente da Lucerna la persona
che avrebbe dovuto darci una mano nella scelta degli
elaborati partecipanti al concorso. A portarcela fu la
solita automobile nera, guidata da un autista che nessuno aveva ancora visto in volto.

Restammo piuttosto perplessi nel veder scendere
dalla macchina una petulante donna sui cinquant'anni, con il naso a becco di civetta. Tra tutte le tonalità
di rosso a disposizione, la natura sembrava aver scelto
per i suoi capelli il peggior ruggine che si possa immaginare; e cosí pure per la pelle del viso che, priva di
trasparenza, risultava biancastra e opaca, punteggia-
ta da setole nerastre come un pezzo di cotenna bolli-
ta. Il dottor Fuchs ce la presentò in qualità di stretta
collaboratrice: l'*editor*, colei che era in grado di decre-
tare vita e morte di un romanzo inedito. Tra noi due
nacque subito una cordiale antipatia. Per prima cosa
lei cominciò a criticare il mio operato, accusandomi
di aver dato un giudizio troppo superficiale e affrettato su alcuni lavori che, a parer suo, erano meritevoli
di essere presi in considerazione. Cosí, gran parte dei
manoscritti che avevo licenziato con la scritta «nega-

tivo», «improponibile», «men che mediocre», tornarono sulla mia scrivania affinché ne riformulassi il giudizio; cosa che mi rifiutai di fare, rimandandoglieli con la scritta: confermo, confermo, confermo. Furono due settimane d'inferno. Non passava giorno senza che tra noi si accendessero furiose discussioni. Non so quante volte la vidi piombare nel mio studio agitando un manoscritto, insultandomi per non aver colto in quel testo le potenzialità nascoste (oh, quanto nascoste!) di qualche promettente giovane autore. Alla fine non mi rivolgeva neppure la parola, si limitava a gettarmi un manoscritto sul tavolo per poi girare sui tacchi e uscirsene senza dire parola. Mi chiedevo in quale fumosa birreria tedesca il diavolo fosse andato a reclutarla: con quei robusti polpacci villosi, e i terrei calcagni che occhieggiavano dai sandali con la zeppa di sughero, me la immaginavo in grado di reggere una dozzina di caraffe di birra da un litro, ma sostanzialmente incapace di commuoversi di fronte alla bellezza di un verso.

Anche agli altri non era andata meglio: il borgomastro non si dava pace per essere stato trattato con tanta villania, e il consigliere Linz aveva avuto addirittura una crisi di nervi. Per nostra fortuna, dopo due settimane di vessazioni, quell'essere ripugnante salí a bordo della solita berlina nera e riprese la via di Lucerna, o forse dell'inferno. Di tutte le centinaia di manoscritti pervenuti, gran parte furono accantonati per essere rispediti ai mittenti. Ci volle un po' di tempo perché l'impiegata addetta alla restituzione finisse di imbustarli, con tanto di lettera personalizzata. Una bella gatta da pelare per chi, incaricato a restituire il manoscritto rifiutato, sarebbe dovuto sottostare alle ire dell'autore. E infatti i primi guai iniziarono non appena fu dato il via alla riconsegna dei lavori bocciati dalla commissione. Per quanto un vecchio adagio assicuri l'immunità al latore di una missiva, a prescindere dal suo contenuto, la categoria dei messaggeri è sempre stata malvista. E le cose non cambiarono se per risparmiare le spese postali il compito di riconsegnare i lavori scartati dalla commissione fu affidato a un ragazzo appena assunto, il quale si trovò spesso in serie difficoltà: il protocollo prevedeva infatti che il destinatario di qualsiasi documento apponesse la propria firma per attestarne la ricevuta. Il tempo necessario perché il povero messo incolpevole venisse subissato da improperi di ogni genere.

Non appena i primi manoscritti ritrovarono la via di casa, una muta follia cominciò a dilagare per tutto il paese. E questa follia stava contagiando persone eminenti. Al caffè Oetker spesso scoppiavano accese discussioni, se non liti vere e proprie; c'era chi non riusciva ad accettare di essere stato escluso, altri invece, non avendo ancora ricevuto il responso, gongolavano nella speranza di resistere fino in fondo, e se anche non avessero vinto il primo premio forse si sarebbero meritati almeno una menzione. Ben presto, tutto il paese si divise in due schieramenti: i respinti e gli eletti, o meglio, i delusi e gli speranzosi. Le relazioni tra persone che fino ad allora non avevano mai avuto motivo di contrasto cominciavano a incrinarsi, e ciò avveniva soprattutto tra i maggiorenti del paese. Sembrava che un primo alterco furioso si fosse verificato tra il dottor Meyer, medico condotto, e il maestro elementare Webern. I due erano amici sin dall'infanzia, si frequentavano assiduamente assieme alle loro mogli, e da anni ormai ogni sabato pomeriggio avevano l'abitudine di sfidarsi a scacchi al caffè Oetker. E quando per la prima volta mancarono al consueto appuntamento del sabato, gli amici si preoccuparono, ma nessuno dei due volle dare una spiegazione. A quanto sembra i due amici avevano litigato violentemente. Un testimone che aveva assistito alla scena sosteneva che il maestro Webern avesse fatto volare di testa il cappello al dottor Meyer, investendolo anche verbalmente con un chiaro «imbrattacarte», al che il dottor Meyer aveva replicato con un «pisciainchiostro». Un altro caso del genere si verificò tra il consigliere comunale Müller e l'archivista Schwartz. Ma quello che si era mantenuto nei limiti di un acceso alterco tra i due ebbe un seguito tra le rispettive mogli che, incontratesi al mercato, si erano accapigliate selvaggiamente, rotolando entrambe sotto il bancone della frutta. Episodi del genere si moltiplicavano di giorno in giorno. Il malanimo degli esclusi cresceva, e se da principio tutti erano contro tutti ora gli schieramenti erano due e ben distinti, e come in una clessidra, mentre un'ampolla si riempiva, l'altra si svuotava.

12.

ll dottor Fuchs fece ancora qualche visita notturna al parroco. Non avrei tardato a scoprire quali affari avessero in corso, allora potevo solo sospettarlo, ma senza dubbio tutte le volte il diavolo stringeva le maglie della sua rete attorno al malcapitato. Di sicuro continuava ad alimentare in quel povero vecchio l'illusione di poter pubblicare le sue memorie, per ottenere in cambio – come avrei scoperto di lí a poco – l'usufrutto legale della casa che aveva occupato. Arrivava la sera tardi. Lo sentivo salire pesantemente le scale che portavano al primo piano e poi ridiscenderle qualche ora dopo. Dalla finestra potevo vedere la sua figura avviarsi verso la berlina nera che l'aspettava all'altro lato della strada. L'ultima volta se ne andò piú tardi del solito. La luce nello studio del parroco restò accesa ancora a lungo: dal mio letto potevo vederla riflessa sul gomito della grondaia di stagno. Verso le due di notte mi addormentai, ma fui subito svegliato dal concitato suono della campanella che gli serviva per chiamare la perpetua. Fu proprio lei a bussare qualche minuto piú tardi alla mia porta. Scarmigliata, con un cappotto buttato sulle spalle sopra la camicia da notte, sembrava fuori di sé. – Il parroco sta morendo, – continuava a gridare. Salii di corsa le scale, ma non feci in tempo a entrare nel suo studio, che il parroco era già spirato. Riverso sullo schienale della sua poltrona prediletta, quella su cui aveva passato migliaia di ore a scrivere le sue memorie, padre Cristoforo, con le mani artigliate ai braccioli, esibiva un'orribile smorfia. Gli occhi erano spalancati, e cosí pure la bocca svuotata dalla dentiera, che nella violenta compulsione della morte era schizzata oltre lo scrittoio rotolando sul tappeto. Delle sue carte non c'era piú traccia, sul piano dello scrittoio spiccava un unico foglio bianco che denotava l'intento di scrivere una lettera a un destinatario sconosciuto.

Al funerale partecipò tutto il paese. Officiai le esequie in veste di parroco titolare, ma se da un lato mi auguravo di esserlo solo *ad interim* per la durata necessaria a venire trasferito altrove, dall'altro sentivo di non poter lasciare il mio gregge in balia di quel demonio. Ad assistere alla cerimonia venne anche lui, il diavolo, ma si tenne in disparte per tutta la durata del rito. Solo alla fine, quando i presenti sfilarono davanti alla fossa aperta per gettarvi una zolla di terra, il diavolo si mise in coda e, arrivato il suo turno, lasciò cadere sulla bara un grosso involucro di carta chiuso con degli elastici. Forse il significato di quel gesto era sfuggito ai presenti alla scena; qualcuno probabilmente può aver pensato che si trattasse di ottemperare in qualche maniera alle ultime volontà del defunto, ma per me era chiaro che quel grosso fascicolo era il lavoro a cui padre Cristoforo si era dedicato per tutta la vita, e che mai e poi mai avrebbe voluto veder sotterrare assieme a lui. Un colpo di fortuna inaspettato per il dottor Fuchs, che non doveva corrispondere nulla in cambio di ciò che aveva ottenuto.

Qualche giorno dopo, infatti, venne da me un notaio. Come avevo previsto i documenti in suo possesso parlavano chiaro: il diavolo aveva ottenuto l'usufrutto a tempo indeterminato della casa del defunto. E solo un parente stretto – che non risultava esserci – avrebbe potuto impugnare questo lascito, appellandosi a una presunta impossibilità di intendere e di volere del vecchio parroco, non senza impelagarsi però in cause giudiziarie costose e interminabili.

Ormai la sua strategia diventava di giorno in giorno piú lampante: come aveva fatto con il parroco, cosí avrebbe agito con altri. Prospettando il miraggio del successo, avrebbe colpito di volta in volta le persone piú ambiziose e abbienti, ottenendone i favori. E non avrebbe esitato a invalidare un lavoro di pregio e a precipitare il suo autore nello sconforto piú nero, quando non vi avesse intravisto un tornaconto. Avrebbe corrotto in tal modo l'anima di ciascuno, elevando altari ai mediocri e scavando fosse ai meritevoli; avrebbe cosí trascinato tutti quanti in una ridda di odio, di orgoglio, di esaltazione e dolore. Ciò che piú gli importava era di dannare quante piú anime possibile. E in suo soccorso accorrevano altre orde di diavoli che finora erano rimasti chiusi nel cassetto.

La morte di padre Cristoforo riuscí a spegnere un po' il malanimo generale, ma questo stato di tregua non durò a lungo: da parte degli esclusi tornò a crescere l'astio verso coloro che avevano superato il primo esame. I figli degli esclusi, che erano in maggioranza, formavano delle vere e proprie bande punitive contro i malcapitati figli degli eletti, aspettandoli per strada per prenderli a sassate. E il nuovo messo comunale, a cui toccava il compito di restituire i lavori bocciati, rischiò addirittura la vita quando, transitando con la sua bicicletta dal portapacchi stracarico di manoscritti, fu investito da un'automobile che proseguí la corsa senza soccorrerlo. Risultò chiaro che si trattava di un atto premeditato. Il fatto richiamò l'attenzione della gendarmeria cantonale, la quale si trovò di fronte al solito compatto muro di omertà. Tuttavia, l'intervento delle autorità contribuí, se non a placare gli animi piú accesi, almeno a ristabilire l'ordine apparente. Ma, sotto sotto, gli esclusi formavano una squadra coesa che si ingrossava sempre piú, e ribolliva diffondendo la calunnia. Nella mia veste di parroco avrei pensato di essere *super partes*, ma mi sbagliavo. Anch'io, assieme al borgomastro e al consigliere Linz, fummo tacciati di favoritismo e accusati persino di aver privilegiato qualcuno in cambio di denaro.

13.

Intanto il turismo languiva. Se a giugno c'era ancora in giro qualche foresto, a luglio e agosto se n'erano andati tutti. Infatti, non si possono trascorrere le vacanze in un luogo dove le saracinesche sono abbassate a mezz'asta e la merce costa come al mercato nero, dove nei rari locali ancora aperti il servizio è pessimo, il cibo scadente e il personale scortese.

Da parte di commercianti e artigiani non c'era piú la benché minima voglia di guadagnarsi onestamente da vivere, come avevano fatto fino ad allora. I mercatini con i prodotti artigianali e le specialità alimentari erano del tutto scomparsi, e le tre rinomate locande portavano vistosi cartelli con scritte scoraggianti, come «chiuso per restauri», «si riapre a ottobre», «chiuso per cambio di gestione» e persino le pensioni familiari dichiaravano il «tutto esaurito», quando in realtà erano completamente vuote. Come non bastasse, all'imbocco dei vari sentieri panoramici, furono affissi dei grandi cartelli che avvertivano gli escursionisti del pericolo che correvano a inoltrarsi nella foresta, a causa delle volpi e dell'epidemia dilagante di rabbia silvestre. La gente stava chiusa in casa, il paese sembrava devastato dalla peste, e solo il messo comunale, come un angelo della morte in sella a una bicicletta, si aggirava per le vie, designando di volta in volta il morituro, ovvero l'ennesimo escluso. E non c'era alcun modo di scongiurare la sentenza: anche a barricarsi in casa facendo finta di non esserci, il messo non avrebbe tardato a ripresentarsi con implacabile regolarità. Vero è che nella busta c'era anche una lettera consolatoria e incoraggiante, che avrebbe dovuto essere di conforto, ma per alcuni l'affronto di essere stati eliminati prima di altri era un'onta che andava lavata con il sangue. E il piú delle volte il sangue era quello dei familiari. Si verificarono infatti parecchi casi di violenza anche gravi: una donna, scaraventata dal marito giú per le scale, rischiò di morire, e vi furono ben due casi di suicidio. Per gli altri, per tutti coloro che erano riusciti a sopportare l'infamia, restava il rimprovero che si manifestava puntualmente nel momento in cui il fallito romanziere, o l'incompreso poeta, si trovavano riuniti a tavola con la famiglia, quando il persistente mutismo dei congiunti diventava fin troppo eloquente, quando la luce di ogni speranza sembrava smorzarsi come la fiamma bluastra di un cero in procinto di spegnersi.

Questi drammi familiari li scoprivo dietro la grata del confessionale. Si avvicinavano a me perché potessi liberarli dall'ossessione che si era impadronita di loro. La letteratura era opera del diavolo, o meglio, era la sua arma preferita – cosí mi dicevano. E questo lo sapevo fin troppo bene.

Da parte mia sentivo aumentare sempre piú il carico di responsabilità per quanto stava accadendo. Era necessario comunque portare a termine il lavoro di cernita: eravamo già alla fine di agosto e mancava solo un mese all'assegnazione del premio. *L'arte è lunga, la vita è breve e il giudizio difficile* – tanto per citare il Poeta. Tutte le volte che finivo di leggere un manoscritto, mi chiedevo quali conseguenze avrebbe provocato la mia decisione; cosí, prima di esprimere la mia opinione mi consultavo con il borgomastro e con il consigliere Linz, i quali non si trovavano in acque migliori delle mie. Il problema era che da tutto quel ciarpame non era ancora emerso nulla di distintivo. Gli ultimi manoscritti ce li passavamo l'un l'altro con la speranza che uno di noi ci trovasse qualcosa di buono che era sfuggito agli altri, ma i giudizi purtroppo concordavano: l'ago della bilancia era sempre fisso sullo zero. Restava un solo candidato, seppure improponibile: Marta Bauer, la quale concorreva con un libro di banali filastrocche illustrate da splendidi disegni. Ma a dover assegnare il premio intitolato a Goethe a un libriccino di filastrocche per bambini si rischiava di sollevare un'insurrezione popolare. Ci riunimmo con il resto della commissione e giungemmo alla conclusione che, anche andando contro la volontà dell'editore, era meglio per tutti rimandare il premio all'anno successivo, sperando che in quel frattempo si rivelasse qualche autentico talento. Per alcuni membri della commissione di lettura la decisione presa a insaputa dell'editore aveva l'aria di un ammutinamento, ma fu facile convincerli che l'idea del premio (ahimè) era stata mia, e che i diecimila franchi garantiti dalla fantomatica banca – di cui solo l'editore conosceva l'esistenza – erano per il momento una vaga promessa. Inoltre, nessuno avrebbe gradito che un premio cosí importante andasse a una ritardata di mente, per quanto talentuosa fosse. Alla fine, quindi, prendemmo la nostra decisione alla faccia del diavolo. Il quale non reagí molto bene: dopo pochi giorni il borgomastro fu colpito da una polmonite che per poco non lo mandò all'altro mondo, e una settimana piú tardi il consigliere Linz fu vittima di un incidente stradale, dal quale uscí con entrambe le gambe e il bacino fratturati. La causa dell'incidente? Una volpe gli aveva attraversato la strada.

Io fui risparmiato. Ma per quanto ancora?

Già in quelle lunghe ore dedicate alla disamina dei manoscritti, mi capitava a volte di perdere la concentrazione: mentre le parole continuavano a scorrermi davanti agli occhi prive di significato, la mia mente vagava altrove, su un sentiero parallelo, dove si accendevano immagini inconfessabili. Erano pensieri che avevo cercato in tutti i modi di ricacciare nel fondo, pensieri che mai dovrebbero sfiorare la mente di un uomo timorato di Dio, tanto meno di un sacerdote. Eppure essi erano sempre presenti e non mi lasciavano piú scampo. Erano lampi di odio puro. L'influenza nefasta del diavolo continuava a farsi sentire anche a distanza. E io dovevo mettere fine a tutto questo. Ma con quali armi affrontarlo? Un'aspersione di acqua santa avrebbe avuto minor effetto di uno schizzo di saliva nell'occhio – di certo non lo avrebbe incenerito. Non era uno spirito che si può allontanare con la preghiera o l'esorcismo; era una persona fisica, giuridica, e come tale andava trattata.

14.

Quando si vogliono evitare immagini truculente, si ricorre all'eufemismo. Dire che l'esercito ha subìto grosse perdite è piú accettabile del vedersi prospettare l'orrore di un'immane ecatombe. Liberarsi della presenza di qualcuno significa generalmente metterlo alla porta, o evitare di frequentarlo, ma nel suo significato piú profondo può voler dire cancellarlo per sempre dalla faccia della terra. Cosí, quando dico che il pensiero di liberarmi di lui diventava sempre piú ossessivo, intendo dire che si faceva sempre piú forte in me il desiderio di «farlo fuori», letteralmente, nel modo piú cruento possibile. E un'arma adatta l'avevo già adocchiata nel portaombrelli della canonica dove c'era un bel fascio di bastoni che il parroco utilizzava per le sue sporadiche passeggiate. E io ne avevo già scelto uno bello e robusto, un Alpenstock con una massiccia impugnatura rinforzata in ottone. In fondo, era un essere mortale, e se pure aveva la diabolica capacità di poter leggere nella coscienza altrui, per il resto era vulnerabile come tutti noi. Inoltre, la situazione stava cambiando. Ora potevo anche fare affidamento su una parte degli abitanti di Dichtersruhe che in silenzio covavano il proprio rancore verso quell'estraneo inseritosi proditoriamente in mezzo a loro. Nelle fantasie piú azzardate mi vedevo entrare al caffè Oetker impugnando il mio bastone e dirigermi direttamente al suo tavolo colpendolo in fronte con tutto il peso dell'impugnatura, sentivo persino il rumore delle ossa del cranio che si fratturavano sotto i miei colpi. Ma nella realtà sarei arrivato a tanto? Avrei saputo affrontare tutte le conseguenze di un omicidio? Come avrebbero reagito i miei parrocchiani? Si sarebbero schierati dalla mia parte? Li avrei finalmente liberati dall'incantesimo? Tutti questi interrogativi non mi davano tregua. Eppure non vedevo altra via di uscita. Se lo avessi lasciato in vita non avrebbe tardato a riprendere il controllo delle anime di Dichtersruhe.

Intanto dal pulpito continuavo ad accusarlo di essere un impostore la cui unica intenzione era quella di spillare quattrini ai paesani, menandoli per il naso con la promessa di un premio che non sarebbe mai stato assegnato. Arrivai persino a dichiarare con convinzione che quell'uomo era il diavolo in persona. E se un tempo una simile affermazione sarebbe stata accolta con un sorriso di compatimento, ora vedevo i loro occhi aprirsi alla consapevolezza. Molti cominciavano a dar credito alle mie affermazioni. Doveva essere pur vero ciò che andavo dicendo, perché mai in passato Dichtersruhe era stata lacerata da un odio cosí profondo.

Nel frattempo il diavolo faceva finta di niente, continuando a svolgere la vita di sempre. Arrivava al caffè Oetker verso le dieci del mattino per leggere i quotidiani ancora fragranti di stampa, poi, verso mezzogiorno, si apprestava a fare un bel pranzetto a spese di qualcuno. Ma qualcosa stava cambiando. Alla locanda Müller non ci andava piú, da quando il proprietario gli aveva presentato il conto, con tanto di arretrati. A lungo andare la scorta dei Maria Mancini si era esaurita, e il vezzo di portarsi sempre in tasca un manoscritto che, nel sedersi a tavola, posava accanto a sé per poterlo leggere tra un boccone e l'altro – ciò che designava in lui l'uomo dedito totalmente al proprio lavoro –, non incantava piú nessuno. Tutt'attorno gli si era fatto il vuoto e nessuno si affannava piú per pagargli le consumazioni al bar. I miei sermoni domenicali cominciavano a dare i loro frutti. Ormai pochi credevano nella figura del leggendario editore di Lucerna.

Poi accadde qualcosa che io interpretai come un intervento della Provvidenza. A dargli infatti il colpo di grazia fu proprio Marta Bauer, l'inconsapevole vincitrice morale del premio Goethe, che nulla sapeva né di lui né dei suoi intrallazzi editoriali.

Durante una delle rare passeggiate assieme a sua madre, la ragazza incontrò l'editore mentre stava uscendo dal caffè Oetker. Di solito lei camminava a testa bassa evitando qualsiasi contatto con gli estranei. Ma stavolta, non appena la giovane Marta lo vide, con uno strattone sfuggí di mano a sua madre e gli corse incontro sbarrandogli la strada.

– Tu sei il diavolo, tu sei il diavolo... – cominciò a cantilenare la ragazza impedendogli di proseguire. La scena fu seguita da parecchi avventori che in quel momento sedevano all'aperto. Dapprima il dottor Fuchs sembrò voler stare al gioco, tentando con qualche finta di dribblare goffamente la giovane Marta, la quale però non desisteva e gli si parava davanti a braccia allargate, bloccandolo sul posto. La scena stava già suscitando l'ilarità dei presenti. Ma quel gioco durò troppo a lungo, e il dottor Fuchs perse la pazienza. – Toglimi di mezzo questa stupida bertuccia! – gridò rivolto alla madre che invano tentava di richiamare la figlia.

– Questa è maleducazione, – esclamò ad alta voce, perché tutti lo sentissero, e subito dopo non si fece scrupolo di spingere da parte con una manata la povera giovane che, perso l'equilibrio, cadde a terra battendo la testa. Senza neppure accennare a soccorrerla, l'elefante scavalcò la bertuccia e proseguí come se nulla fosse per la sua strada.

Mal gliene incolse, però. Anche se la ragazza, oltre a un bernoccolo sulla fronte, non si era fatta granché, con quel gesto di stizza il diavolo s'inimicò mezzo paese. Fino ad allora aveva vissuto a sbafo, ma dopo quell'episodio alla sua porta cominciarono a bussare i creditori, e la fila s'ingrossava sempre piú: non solo fornitori e bottegai, ma anche piccoli artigiani, pittori, muratori, falegnami ai quali aveva commissionato parecchi lavori da fare in casa. C'era sempre qualcuno ad aspettarlo all'uscita. E ogni tanto una torma di monelli si schierava sotto le sue finestre intonando delle canzoncine inneggianti a Belzebú. Il dottor Fuchs restò – per cosí dire – prigioniero nei suoi appartamenti. Poteva uscire solo di notte, ché durante il giorno fuori dalla sua porta vigilava sempre una ronda di irriducibili creditori. Ben presto la piccola banca locale gli negò il credito, esigendo il rientro immediato, e il Lions club gli sbatté la porta in faccia. Nonostante si trovasse ormai alle corde, il diavolo non mi risparmiò l'ultimo minaccioso segno della sua potenza: durante il mio sermone domenicale, in cui ancora una volta lo screditavo, una volpe rabida entrò in chiesa scatenando il panico tra i fedeli. Percorse la navata centrale e sparí sotto l'altare, ma anche dopo che i fedeli furono usciti dalla chiesa, ogni ricerca risultò vana. Nessuno riuscí a spiegare da che parte fosse entrata e per dove fosse uscita quella bestia. Si trattava sicuramente di un maleficio a opera del diavolo. Questo segnò la sua fine. La gente vide in me una specie di giustiziere, il solo che avrebbe potuto liberarli. «Padre Cornelius, ci liberi dal male», mi dicevano nell'incontrarmi per strada, «Padre, cacci il diavolo dal nostro paese. Faccia che tutto torni come un tempo».

Fu la gente del luogo a chiedermi di farlo. Cosí avrei detto al giudice in mia difesa. Avrei aggiunto anche che ero meritevole di ricevere un encomio, e non una condanna, per aver eliminato dalla faccia della terra il diavolo in persona. Ormai le richieste da parte dei parrocchiani si facevano sempre piú pressanti, finché un giorno, mentre attraversavo la piazza, un ragazzino non mi consegnò, avvolta in una cerata, l'arma che mi sarebbe servita allo scopo. Cosí subitanea fu la consegna di quel macabro dono, da non lasciarmi il tempo di scoprire chi me lo mandava. Svolsi l'involucro solo piú tardi, in canonica: si trattava di un revolver di ordinanza dell'esercito elvetico. Per me, che non avevo mai toccato un'arma da fuoco in vita mia, quell'oggetto risultò pregno di fascino. Passai delle ore a rimirare quell'arma toccandola con estrema cautela, sempre con il timore che potesse esplodermi in mano. Solo dopo averla studiata a fondo mi azzardai ad aprirla. Tolsi tutte le pallottole dal tamburo e provai a premere il grilletto. Ancorché scarica, quell'arma mi incuteva un timore incontrollabile, ad ogni scatto del cane sul percussore mi sentivo fermare il cuore. Mi veniva da sorridere al pensiero di essere stato designato proprio io al ruolo di giustiziere.

Passarono dei giorni di incertezza. Infine presi la mia decisione. Difficile dire perché scelsi di farlo proprio quella domenica, proprio a quell'ora del crepuscolo, proprio quando l'ombra della montagna stava già ammantando la piazza.

15.

Per quanto nella memoria ogni cosa assuma contorni fluttuanti e instabili, mi rivedo ripercorrere quello spazio che va dalla canonica alla casa del diavolo con insolita sicurezza, con la pistola carica in tasca e deciso una volta per tutte a farla finita. Posso scandire ogni passo, ogni pensiero, ogni pulsazione. Le luci della sua casa sono accese al primo piano. So di essere atteso. E infatti la porta da basso si apre docilmente sotto la mia spinta. Ho i nervi tesi come corde di violino, i sensi centuplicati. Nelle stanze aleggia una traccia di assenzio, di piante appassite, di mele marce, di cera bruciata, di fumo stantio. Posso distinguere ogni spostamento d'aria – dall'uscio che si schiude allo sfogliare di una pagina di libro –, percepire ogni variazione della temperatura, ogni sussulto del battito cardiaco, ogni distonia, cogliere persino l'odore fenico provocato dalla paura.

Di tutte le stanze una sola è illuminata da dozzine di candele accese. Salgo le scale, mi affaccio alla porta e intravedo la sua figura, in piedi, in maniche di camicia, con le bretelle slacciate che gli pendono lungo i fianchi come le maniglie di uno stravagante attrezzo ginnico. Non fosse per la mole abnorme del suo corpo, senza la parrucca nera stenterei a riconoscerlo. Ma la voce è inconfondibile.

– Che sorpresa, reverendo, – esclama portandosi con gesto femmineo la mano al seno, nella replica grottesca di una primadonna colta in *déshabillé* nel suo camerino di scena, – non mi aspettavo proprio una sua visita improvvisa –. Si infila in tutta fretta un'ampia vestaglia di seta damascata, e per darsi un contegno si accende uno dei suoi sigari. Poi, seguendo la direzione del mio sguardo, si accorge di avere il cranio sguarnito. Si passa le dita sul cuoio capelluto esibendo un sorriso idiota.

– La parrucca? Esigenze di scena... Ormai non servono piú. È passato il tempo delle mascherate, non è vero mio buon Cornelius? La recita sta per finire. A cosa devo la sua visita?

– Sono venuto a salutarla, – dissi. – Anzi le porto i saluti di tutto il paese –. Il tono della mia voce era inflessibile e solenne. Mi sentivo investito di una missione ultraterrena.

Per tutta risposta, il diavolo versò del vino in un bicchiere.

– Bevi, Cornelius, brindiamo dunque al nostro definitivo commiato.

Naturalmente mi guardai bene dal farlo, e dopo aver pescato in fondo alla tasca della mia tonaca la rivoltella, gliela agitai sotto il naso. Di certo il mio gesto non aveva nulla di minaccioso, credo che persino agli occhi di un bambino sarebbe risultato chiaro che non avevo alcuna dimestichezza con le armi: tenevo in mano una rivoltella come fosse un pesce lesso; poco mancò che non la afferrassi per la canna. E forse fu proprio l'inadeguatezza del mio gesto a rassicurarlo, al punto che si stravaccò in poltrona, assaporando a pieni polmoni il fumo di uno dei suoi ultimi Maria Mancini.

– Hai levato almeno la sicura?

Fino a un attimo prima ero certo che il revolver che stringevo in pugno non avesse alcun congegno del genere... Ma ora cominciava a sorgermi un dubbio. Che mi fosse sfuggita l'esistenza di qualche meccanismo nascosto? La mia espressione di incertezza non passò inosservata. Era dunque cosí evidente che non sapevo maneggiare un'arma da fuoco? Egli rincarò la dose:

– Hai oliato per bene la canna? Lo sai che basta il minimo corpo estraneo perché ti esploda in mano. Conosco questi aggeggi e posso dirti che sono estremamente pericolosi. È un'arma che ha mietuto piú vittime tra quelli che la puntavano che tra chi ne era fatto bersaglio.

Mi venne in mente che nell'involucro consegnatomi, c'era anche un astuccio di legno contenente scovolini e spazzole cilindriche, che io non avevo neppure lontanamente pensato di usare, confidando che l'intenzione di chi me l'aveva consegnata fosse quella di fornirmi uno strumento pronto all'uso a tutti gli effetti, e non un rugginoso cimelio da dover ripulire.

– Lo scopriremo al momento opportuno, – dissi, senza alcun tremore nella voce, e contemporaneamente armai il cane. Lo feci con determinazione. Il fatto stesso che ci fossero non poche probabilità che lui se la cavasse in un certo senso mi confortava, poiché demandavo in parte la mia responsabilità al fato o al volere divino. Per quanto dettata da una sorta di fatalismo, la mia sicurezza sembrò spiazzarlo.

Fuori si udivano delle voci, la gente si stava già radunando sulla piazza.

– Li senti? – disse. – Quale colpa posso avere se non

quella di essere stato al loro gioco? In fondo, – continuò il diavolo, – il mio non è altro che un sapiente lavoro di maieutica: tento di far emergere da ciascuno quanto di peggio si cela nel suo animo. Non sempre è un compito facile risvegliare certi ricordi assopiti, sepolti nel subcosciente. E persino tu, mio buon Cornelius, hai la memoria corta, a quanto pare. Ti sei mai chiesto perché i tuoi genitori hanno voluto che ti facessi prete? Già nei tuoi primi anni di vita avevano scoperto la tua vera natura, ed erano convinti che l'abito talare ti avrebbe protetto, ma il male invece ti veniva da dentro, era come una vespa rabbiosa da tempo penetrata nel tuo corsaletto. Il male era nella tua natura, il male te lo portavi dentro sin dalla nascita, ed esso cominciò a manifestarsi già nella tua prima infanzia. Ricordi quando, durante quella gita scolastica, provasti l'impulso irresistibile di spingere il tuo compagno giú da quella massicciata che stavate attraversando in fila indiana? Lui si era sporto un po' troppo per raccogliere una pietra, e tu non resistesti a dargli una spintarella, cosí, tanto per ridere. Però nessuno si divertí al tuo scherzo perché il tuo compagno si fece molto male. Ma certo ti ricordi di Sammy, il tuo cagnolino adorato con il quale passavi intere giornate a giocare. Finché la sua presenza non ti è venuta a noia, non potevi piú sopportare di averlo sempre tra i piedi e allora hai pensato bene di portarlo nel bosco e di legarlo a un albero con una cordicella. Oh, certo, tu non ricordi quell'episodio, per usare un'espressione oggi di gran moda, l'hai rimosso. Riuscí a liberarsi, Sammy, e tornò da te. Ma in quale stato? E allora tu raccogliesti da terra quella grossa pietra. A malapena riuscisti a sollevarla all'altezza del petto, ricordi?

– Non è vero, – dissi, – è una menzogna bella e buona. Ma il diavolo proseguí imperterrito.

– Poi passasti alcuni anni rinchiuso tra le mura del seminario, dove insegnavi filosofia. Finché non incontrasti Stefan, quel giovane pallido, ascetico. Come lo definisti? *Un giovane che riassumeva in sé tutte le caratteristiche di chi è vocato alla vita spirituale.* Egli vide in te il maestro, il mentore, colui che l'avrebbe guidato nella vita, e che avrebbe dissolto i suoi dubbi, liberandolo da ogni paura. Il padre spirituale, il padre che lui non aveva mai conosciuto. Egli ti amava come un figlio, ma tu di certo non ricambiasti con il corrispettivo amore paterno. Divorato dalla passione, che tu confondevi con l'amore, andasti oltre e il povero Stefan non resse alla delusione, al disgusto, e minacciò di togliersi la vita. Quale occasione migliore di quella gita in montagna per dargli una spintarella e metterti al sicuro da ogni possibile accusa. Ma non avevi pensato che lui possedesse un diario. Tutto ciò che raccontasti alla polizia è falso: Stefan non si smarrí nella notte. Egli era accanto a te, camminava al tuo fianco, e quando passaste sull'orlo di quell'abisso, fu facile dargli una spinta, proprio come avevi fatto tanti anni prima, con il tuo compagno di classe. Certo, tutto questo tu l'hai rimosso. Come darti torto? Sapere di essere un potenziale assassino è un peso intollerabile, ma ancor peggio è sospettarlo, tenere sempre abbassata la chiusa, affinché la verità non tracimi e inondi la tua coscienza.

Tentai di rispondere, ma invano.

– Guardati, reverendo, il fatto stesso che tu mi stia puntando contro quel giocattolo non fa che confermare le mie teorie. Ciò che non mi aspettavo da te è che infierissi anche sul parroco. Quando tra la posta da inoltrare vedesti quella sua lettera indirizzata al vescovo, non provasti alcuno scrupolo ad aprirla per leggerne il contenuto. Certo, ero stato io a instillare nella mente del vecchio che bisognava allontanarti, sottoporti alle cure del caso, perché stavi già manifestando i sintomi della pazzia. Cosí mi sarei sbarazzato della tua fastidiosa presenza. Quella lettera ti mandò su tutte le furie, e pretendesti dal parroco dei chiarimenti. E quella notte stessa, non riuscendo a prendere sonno, andasti a bussare alla sua porta: sapevi di trovarlo ancora sveglio, a lavorare di cesello sulle sue «memorie di un parroco di campagna», questo il titolo che intendeva dare alle sue sudate carte. Povero vecchio! Morire a un passo dal veder realizzato il suo sogno. Fu sufficiente afferrarlo per il bavero e scuoterlo come un cencio perché il suo cuore cedesse allo sforzo.

– Basta! – urlai con quanto fiato avevo in corpo. Alzai la canna della pistola all'altezza della sua fronte. – Ancora una parola e premo il grilletto –. Ma lui non si scompose. Sembrava divertirsi all'idea di aver scoperchiato il pozzo in fondo al quale si scorgevano annodate le spire del serpente assopito.

In quel momento ogni mia certezza cominciò a vacillare. Persino l'arma che stringevo in pugno mi sembrò a un tratto del tutto insufficiente rispetto alla mole elefantiaca del mio avversario. Espressioni come «massa corporea», «resistenza all'impatto», «forza di penetrazione» continuavano a echeggiarmi nella mente, come alla fine di una spossante lezione di fisica. Stavo pensando a quanto potesse essere efficace quella scacciacani sulla sua pachidermica mole. Sempre ammesso che la rivoltella non si inceppasse, avrei potuto fallire il bersaglio al primo colpo, dandogli la possibilità di avventarsi su di me. Quella massa di adipe mi sembrò a un tratto una barriera impenetrabile, in grado di bloccare qualsiasi proiettile. Capii tuttavia che se non lo avessi fatto in quell'istante non lo avrei fatto mai piú. Se solo avessi lasciato che continuasse a parlare, instillando nella mia mente altri dubbi atroci, avrei finito per rivolgere l'arma contro di me.

Cosí, mirai in alto, alla fronte. Mirare è facile, è come puntare verso qualcuno l'indice accusatore.

Sembra impossibile compiere un atto qualsiasi e dimenticarlo nel momento stesso in cui lo si compie. Osservarne solo gli effetti senza poter risalire alle cause, per quanto ravvicinate possano essere. Fu quel che accadde a me. Non fosse stato per il tremore parkinsoniano della mia mano destra, e per quella sordità ovattata in cui sembrava galleggiare il mio udito in seguito all'esplosione, avrei detto che nulla di grave fosse accaduto, che quell'uomo dal corpo abnorme, adagiato sulla poltrona con la testa reclinata all'indietro, si fosse semplicemente addormentato, e che per non svegliarlo sarebbe stato meglio allontanarmi in punta di piedi. E cosí lasciai la stanza e ridiscesi le scale. Solo quando stavo per uscire mi accorsi di tenere ancora in mano la rivoltella. Il primo impulso fu quello di correre a gettarla nel torrente, come se il nasconderla fosse un'imprescindibile regola del gioco, ma dal momento che era mia ferma intenzione costituirmi, mi sembrò inutile scomodare un esercito di volonterosi pronti a mettersi alla ricerca del corpo del reato. Prima di uscire, decisi quindi di lasciarla in bella mostra su una consolle che si trovava nel vestibolo.

Fuori, il paese sembrava un enorme termitaio impazzito, la gente confluiva da tutte le parti riversandosi sulla strada principale per radunarsi poi in mezzo alla piazza dove, nei pressi della statua di Goethe, era stata elevata una forca ricoperta per un terzo da una piramide di fascine secche. E in cima al patibolo era appeso un fantoccio con la testa di maiale. Qualcuno versò una tanica di benzina sulla legna e appiccò il fuoco. Le fiamme si levarono alte, e anche il fantoccio di stoffa, riempito di paglia e carta, s'incendiò subito, lasciando appesa solo la testa di porco che cominciò a sfrigolare. Intanto la gente si metteva in fila e si fermava accanto alla pira per alimentarla con quanto teneva in mano: chi vi gettava un manoscritto, chi due o anche piú, e nell'atto di farlo, prima di procedere oltre per lasciare il posto ad altri che seguivano, vedevi passare sui loro volti un'espressione di beatitudine. Nulla come una pagina in fiamme compendia i tormenti e i misteri della letteratura: la carta si annerisce e le parole traspaiono in un lampo parossistico prima di sparire nel buio da cui sono nate. Al cospetto di quell'autodafé, la statua di bronzo lucente di Goethe rispecchiava le lingue infuocate, e nei mutevoli riflessi delle fiamme il volto ispirato del poeta sembrava assumere le piú grottesche smorfie di scherno, rivolte ai letterati di Dichtersruhe.

***

Il racconto di padre Cornelius s'interrompe qui. Possiamo immaginare un autobus che finisce la sua ultima corsa notturna all'estremo capolinea. A bordo c'è ancora un passeggero che sarebbe dovuto scendere prima, e invece, cullato dal torpido tran tran del motore, si è addormentato sognando a lungo. A svegliarlo è lo sbuffo pneumatico delle portiere. E cosí si ritrova in una periferia sconosciuta, a un'imprecisata ora della notte, senza alcun mezzo per tornare indietro.

Questo è lo stato d'animo del momento, cosí come ce lo descrive Friedrich: padre Cornelius è lí, immobile davanti a lui come una statua di Madame Tussauds. Sembra completamente svuotato, incapace di proferire parola. Finché anche lui non si risveglia all'improvviso.

«Padre Cornelius sembrò destarsi da un sogno. Ed ora si guardava intorno, smarrito, come se non riconoscesse piú il luogo in cui si trovava. All'improvviso fu scosso da un impulso irresistibile che lo fece scattare in piedi. Si avvicinò circospetto alla finestra. – Lo sente? – chiese, tutto tremante. Il suo volto esprimeva un tormento insopportabile. Quella sua agitazione mi si trasmetteva addosso.

– Che cosa?

– Il richiamo delle volpi.

– Non sento nulla, – dissi.

– Dovunque vada, le volpi mi perseguitano. Anche qui e adesso preannunciano la sua venuta.

Tentai di rassicurarlo. Andai fino alla finestra per sentire meglio, ma fuori regnava un profondo silenzio. Il prete intanto si avvicinò a uno scaffale dov'erano riposte alcune bottiglie di liquore messe a disposizione per chi desiderasse un digestivo a fine pasto. Si versò un bicchierino di Kirsch e lo svuotò in un sorso, se ne versò un altro e un altro ancora. Non appagato, tracannò un lungo sorso direttamente dalla bottiglia. Accortosi che lo stavo osservando, mi rivolse un sorriso forzato.

– La ringrazio per aver avuto la pazienza di ascoltarmi, – disse. – Ora però sono stanco, domattina dovrò partire presto.

Indugiò ancora a lungo, standosene in piedi, il volto cereo, sudaticcio, le mani che si torcevano senza posa. Poi, tenendo sotto braccio il suo saturno, come avrebbe fatto un discobolo alla fine di una gara deludente, salí le scale che portavano alle stanze di sopra.

Non so quanto a lungo restai ancora lí, in quella tetra sala da pranzo, so solo che quando, raggiunta la mia camera, mi lasciai cadere sul letto, mi sentivo completamente svuotato, senza neppure la forza di svestirmi. Restai lí per delle ore a osservare la travatura a vista che componeva il soffitto. A fissarla a lungo, essa cominciava a ondeggiare, fino a piegarsi e a torcersi come un foglio di carta esposto alla fiamma, e quei nodi scuri nel legno di abete prendevano vita. Altro non erano che musi aguzzi e occhi di volpe. Non posso dire con certezza che mi addormentai, ma sicuramente per qualche ora persi la misura del tempo. Non so che cosa mi fece tornare in me, forse furono delle voci confuse provenienti da una delle stanze che si trovavano sul mio stesso piano. Solo piú tardi, verso le cinque del mattino, udii chiaramente il rumore di passi che scendevano le scale e l'aprirsi della porta da basso. La luce sul comodino era rimasta accesa. Mi avvicinai alla finestra tendendo l'orecchio. Era ancora notte fonda, ma già si percepiva l'incedere dell'alba. E in quel momento fui in grado di sentirlo anch'io il richiamo delle volpi. Ciò che proveniva dalla foresta era un coro agghiacciante, come se l'inferno si fosse scoperchiato lasciando uscire i lamenti dei dannati. Durò per qualche istante, poi ricadde il silenzio.

La mattina dopo fui costretto ad alzarmi proprio quando stavo per prendere sonno. La prospettiva di tornare da mio zio a mani vuote mi rendeva di pessimo umore. Inoltre, quella serata passata ad ascoltare il prete fino alle ore piccole mi aveva completamente frastornato. Mi sentivo infelice, spogliato, defraudato. Ero stato privato all'istante da una messe di sogni, di speranze future, di ambizioni. La storia che avevo ascoltato pesava sulle mie aspirazioni come una pietra tombale. Per di piú, il tempo si stava guastando e già l'asfalto della strada si era scurito sotto una fitta acquerugiola. Saltai la colazione e ordinai solo del caffè; non mi andava di mangiare nulla. Mi restava ancora una mezz'ora buona prima dell'arrivo dell'autobus che mi avrebbe portato alla stazione ferroviaria di Zurigo. Tornai in camera mia per rifare la valigia, ma lungo il corridoio mi fermò la cameriera, la stessa che ci aveva servito la cena la sera prima. Mi chiese se per caso conoscessi l'indirizzo di padre Cornelius, perché il prete nella fretta di partire aveva dimenticato alcuni effetti personali, e lei non avrebbe saputo dove poterglieli recapitare. Diedi una sbirciata nella stanza e vidi, appesa a un attaccapanni a colonna, la sua tonaca sormontata dal saturno inclinato sulle ventitre.

Solo qualche settimana dopo il mio rientro lessi questa notizia sul quotidiano di Zurigo.

Nei pressi di Küsnacht, una guardia forestale ha rinvenuto in fondo a un dirupo il corpo di un uomo già in stato di decomposizione. Non è stato possibile verificarne subito e con certezza l'identità, poiché il volto era completamente dilaniato dalle volpi. Dai documenti in suo possesso, tuttavia, sembra trattarsi del professor Cornelius G. – un tempo stimato docente e psicoterapeuta. Negli ambienti universitari era conosciuto dai colleghi non solo per le sue peregrine teorie, ma anche per la sua stravaganza (pur avendo abbandonato lo stato sacerdotale, il professore non aveva mai rinunciato a indossare l'abito talare). Nell'81 il suo nome era apparso negli annali della cronaca nera in quanto accusato e processato per il brutale assassinio di un editore tedesco, che si trovava in Svizzera per trascorrere le vacanze. Davanti al giudice, l'imputato avrebbe sostenuto la propria innocenza con un'unica frase: «Quello era il diavolo in persona, e dovreste essermi grati per aver liberato il mondo dalla sua nefasta presenza». Riconosciutagli la seminfermità mentale, il professore è rimasto internato fino a un anno fa in un ospedale psichiatrico, che l'ha tenuto in cura per oltre nove anni, dimettendolo – a detta degli esperti che lo avevano in osservazione – completamente guarito, e pertanto in grado di riprendere l'attività di docente e conferenziere.

Per parecchi mesi dopo il mio ritorno da Küsnacht fui visitato quasi ogni notte dall'incubo ricorrente delle volpi che mi assediavano. Questi sogni spaventosi si diradarono solo verso la fine dell'inverno, per cessare del tutto all'inizio della primavera».

Con queste parole termina il racconto di Friedrich, o di chi per lui.

Per lungo tempo mi sono chiesto che cosa fare di questo testo. Ne ero il depositario, ma senza alcuna disposizione in merito. Non lo avevo scritto, perciò non mi sentivo autorizzato a pubblicarlo. L'anonimo autore affermava inoltre di aver ascoltato questa storia da uno sconosciuto. Tutto ciò mi metteva di fronte a un problema di difficile soluzione. Chi è in realtà il legittimo proprietario del «manoscritto trovato nella bottiglia»? Colui che l'ha affidato alle correnti marine o chi l'ha raccolto sulla battigia? E se l'autore ha voluto mantenere l'anonimato, può vantare ancora dei diritti sullo scritto? L'avermelo mandato può essere interpretato come un'implicita richiesta di pubblicarlo? Cos'altro se no?

Stampato per conto della Casa editrice Einaudi
presso ELCOGRAF S.p.A. - Stabilimento di Cles (Tn)
nel mese di gennaio 2018

C.L. 23666

Ristampa								Anno			
0	1	2	3	4	5	6		2018	2019	2020	2021